品嘗好書　冠群可期

奇面城的秘密

江戶川亂步

品冠文化出版社

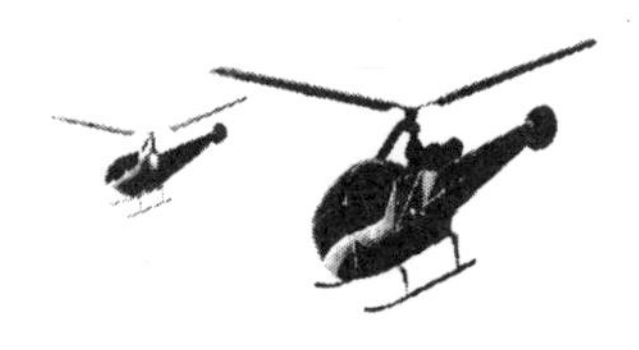

目錄

奇面城的秘密

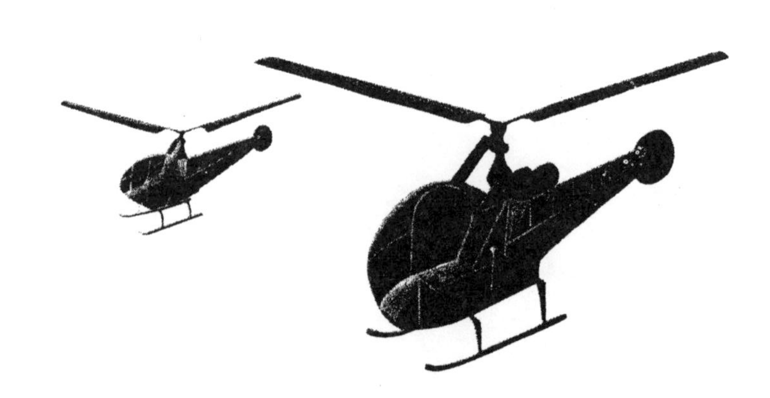

少年偵探⑱

奇面城的秘密

江戶川亂步

怪人四十面相

有一天，一位穿著高貴的紳士來到麴町高級住宅區的明智偵探事務所拜訪。來訪者是住在東京港區的神山正夫先生，這位實業家是多家公司的董事長。神山先生拿著介紹信前來拜訪明智。

明智請對方到客廳坐下，問明來意。神山先生憂心忡忡的說出驚人之語。

「明智先生，我受到怪人四十面相的威脅。」

「咦！怪人四十面相？這個傢伙原本叫做怪盜二十面相。但是，三個月之前，他因為『宇宙怪人』（少年偵探第九集）事件而被我抓住，現在他應該關在監獄裡才對……」

明智偵探覺得很不可思議的說著。

「那個傢伙已經逃獄了。」

「奇怪。如果那個傢伙逃獄了，我應該會立刻得知這個消息，新聞媒體也會加以報導啊！但是，我卻完全沒有聽過這件事情。」

「不，我也是不久前才知道的。當我受威脅報警時，警察也和你一樣覺得很驚訝。立刻前往監獄調查，發現竟然有替身代替四十面相被關在監獄裡。

一位長相酷似四十面相的男子，變成他的替身被關在監獄的單人牢房中。兩人長得非常像，連監獄的管理人員都沒有發現。調查犯人被掉包的時間，始終無法查出事實。四十面相的替身看起來並不聰明，無論問他什麼問題，他都只是嘿嘿的傻笑，問不出個所以然來。」

聽到訪客的說明，明智偵探的表情變得非常嚴肅，認為這是不容忽略的大事。

「請等一等。」

明智說著，從椅子上站了起來，走到放有電話的桌子旁邊打了個電話。講了一會兒電話之後，坐回原先的椅子上。

「剛才我打電話詢問警政署的中村警官，結果正如你所說的，四十面相已經逃獄了。……但是，你說剛才四十面相威脅你，這是怎麼一回事呢？」

「十天前我突然接到一通很奇怪的電話。從話筒的另一端傳來令人感覺很不舒服的嘶啞聲音。

對方說，一定要得到倫勃朗（十七世紀的荷蘭畫家）的S夫人像油畫，要我提高警覺。說完這些可怕的話之後就掛上了電話。

倫勃朗的S夫人像，是我去年從法國購買的，價值數千萬圓日幣。報上也曾經報導過這項消息。我想你也應該知道吧！」

「我知道。這是國人所擁有的西畫中最棒的一幅畫。你將這幅油畫擺在哪裡？」

「擺在我家洋房二樓的美術室裡。這個美術室裡陳列著各式西畫，但是，全都比不上倫勃朗的巨著。四十面相指名要倫勃朗的作品，的確有眼光。」神山說著，苦笑了一下。

「作品還沒有被偷走吧？」

「還沒有。但是，接下來的這四、五天很危險。昨天早上我醒過來時，發現這封信擺在床鋪旁邊的桌子上。詢問家人之後，竟然沒有人知道這封信的來龍去脈。」

神山先生說著，從口袋裡掏出一張西式信封，抽出裡面的信交給明智先生。上面寫著可怕的內容。

> 從今天算起的五天內，我一定會來取走倫勃朗的S夫人像油畫，你最好嚴加戒備。即使以嚴密的警力層層包圍住宅，我也不在乎，因為我是魔術師。向你心愛的倫勃朗道別吧！
>
> 四十面相

「看了這封信，我才知道原來對手是四十面相。原本我以為有人惡作劇，但為了小心起見，還是通知警察。警方立刻調查犯人的行蹤，結果正如同先前我所說的，四十面相已經逃獄了。

今天一大早，警局派遣十名警察到我家戒備。警員們晝夜輪班，隨時都有十名警員負責監視。現在我的家有一位就讀大學的兒子、兩名書生（寄居在他人家中，幫忙做家事的讀書人）以及我公司的年輕員工，我請三個人住在我家。

除了美術室周圍之外，連住宅的四周也嚴加監視。警察說，已經做好最嚴密的戒備，應該可以應付四十面相。但是四十面相似乎是個魔術師，我真的很不放心。

過去就曾經聽說明智先生是四十面相的剋星，我想，也只能找你商量了。希望你鼎力相助。」

明智偵探聽完之後，點了點頭說道：

「我知道了。我一定會盡力。先前我打電話給中村警官，他也拜託我幫忙。

四十面相過去叫做二十面相。我和他的關係密切，曾經交手好幾回合。既然知道他再度出現，我當然不能坐視不顧。」

說著笑了起來。神山先生很佩服的看著明智。

「聽你這麼說我就安心了。除了我的油畫之外，如果放任四十面相逍遙法外，不知道還會發生什麼可怕的事情。為了全國百姓，請您務必鼎力相助。」

「我知道了。那麼，我就跟你一起到府上了解情況，特別是要確認美術室的安全。除了我之外，我想帶助手小林一起前往，沒問題吧！小林是一位頭腦聰明、非常機靈的少年，一定會有很大的幫助。」

「當然沒問題。我也曾聽說小林少年的功績。我的小兒子就讀小學六年級，他是個十足的小林迷呢！如果知道小林要過來，相信他一定會

很高興的。」

「哈哈哈……，小林在少年朋友中的確享有盛名。當他走在街上時，經常有許多小學生聚集過來索取簽名呢！小林常常因此而覺得不好意思！」

「是啊！我的孩子也很喜歡小林少年。」

明智按鈴之後，不一會兒，門打開了。擁有一張蘋果臉的小林少年探頭進來。

「小林，四十面相又逃獄了。他正準備盜取神山先生家的倫勃朗油畫，並且已經預告行動，採取他慣用的手法。現在，我們就一起到神山家去吧！」

「好，我知道了。四十面相是怎麼逃獄的？」

「上車之後路上我再慢慢的告訴你。他利用替身。」

「喔！又是老套（第八集『怪人四十面相』中的事件）。」

「嗯！這是他的拿手絕活。……，小林，你的精神不錯，這次你要好好的表現喔！」

「好，我必然全力以赴。我曾經被那個傢伙修理得很慘，我一定要報這個仇。」

說著，三人一起走下樓梯，坐上等在公寓入口處的神山的汽車，趕往港區的神山家。

阿多尼斯像

明智偵探和小林少年到了神山家，和監視的警察們閑聊了一會兒之後，接著勘查住宅內外，並且仔細的調查懸掛倫勃朗油畫的美術室，隨即擬定一套計畫。

到底是什麼計畫呢？大家慢慢的就會知道。

接下來的四天內並沒有發生特別的事故。可能是警察隊的監視行動不分晝夜嚴密的進行，而使得四十面相無機可趁吧！

其間只發生過一件奇怪的事情。那是明智偵探和小林少年第一次調查神山家的隔天早上。神山先生一早進入美術室，發現原本放置在房間角落的阿多尼斯（atonic——愛神阿佛洛狄特所愛的美少年）石膏像不知何故裂成兩半而倒在地上。

石膏碎片散落一地，旁邊有一顆棒球。可能有孩子在附近打棒球，結果棒球從打開的窗子飛了進來，正好擊中石膏像的腹部。

但美術室的窗戶隨時都是緊閉上鎖的啊！也許是傭人打掃時打開窗戶，暫時離開房間時棒球剛巧飛進來擊中石膏像，因此沒有人發現。這應該純屬意外事故。

阿多尼斯是古希臘神話中的美少年，許多名雕刻家都曾經雕塑過他的裸體像，可惜流傳到現代的作品有限。真品是用大理石雕刻而成的，法國的美術商利用石膏製作一模一樣的石膏像出售，神山先生購買了一尊。青年阿多尼斯的裸體像一直擺在美術室裡。美麗的石膏像比人更大一些，可惜被棒球打破了。

這尊石膏像很大，並不值錢。不過神山先生心想，既然是遠從法國買回來的，如此就此棄置也很可惜，因此，打電話給石膏像專賣店的早野公司，請對方依照原先的模型重新組合石膏像。

早野公司的工作人員很快就來到神山家，說明破碎的石膏像無法立刻修好，因此，收拾碎片運上卡車帶回工廠修理。四天後，工作人員將完全恢復原狀的石膏像送了回來。早野公司四名工人合力將石膏像抬上二樓的美術室，並且擺在原先的位置。

在運送石膏像的過程中，警察人員小心謹慎的戒備，以防四十面相的手下趁機混入其中。在旁嚴密監視的結果，並沒有發現可疑的事情。

倫勃朗的S婦人像，還掛在原先的位置。有人提議將這件寶物移入

銀行的大金庫保存，但是，運送過程同樣是非常危險，因此，最後並沒有更換油畫的放置場所。

石膏像運回來的這一天，正好是四十面相信上所寫的第五天。四十面相預告五天內會前來偷走油畫，而到今天半夜凌晨為止，就是截止時間了。過了這段時間四十面相就輸了。

現在的時間是下午三點。距離半夜凌晨只剩下九個小時，戒備當然越來越森嚴了。警察、書生及員工等十多名壯碩的男子，隨時嚴密的監視住宅各處。

在神山家的書房裡，主人神山與明智小五郎、警政署的中村警官等人聚集在桌前商量對策。

「明智先生，沒問題吧？今天晚上是最危險的時刻。我們三個人應該熬夜看守美術室吧！」

中村警官擔心的說著。

「這樣也很好。不過我還有其他的想法。我認為美術室裡空無一人比較好。既然已經派這麼多人監視，油畫應該不會被偷走。

四十面相一定會依約展現行動。我們每次都被他捷足先登。無論再怎麼嚴密的監視，根本就是防不勝防。

這次，我想換個做法。不如讓美術室裡空無一人，當然門窗都要上鎖。

也就是說，故意出現漏洞，讓他乘虛而入，然後再抓住他。」

明智偵探自信滿滿的說著。

「但是，我認為住宅周圍必須持續監視。四十面相不可能像鳥一樣飛進來，只要嚴密的監視，他就無法進入美術室。」

神山先生擔心的插嘴說道。

「不，無論再怎麼戒備，那個傢伙還是會來。但為了預防萬一，還是要持續監視。」

明智認為只要在住宅周圍監視就可以了。同時認為美術室內應該空無一人。神山先生和中村警官都百思不得其解。

終於到了晚上。

美術室的窗戶由內部上鎖，門由外側上鎖，兩名書生坐在走廊的椅子上監視。

十名警察包圍住宅的四周，眾人嚴密的警戒著。

中村警官則來回巡邏，監督守護的人。

明智偵探從黃昏時離開後到現在還沒有回來。在這麼重要的時刻，名偵探到底在忙些什麼？

夜越來越深了。鐘聲敲響十點。

在這時候，二樓的美術室中發生奇怪的事情。

美術室中只留下一盞小燈炮，其他的燈全都關掉了。微暗中傳來啪——啪——好像東西裂開的聲音。難道有老鼠在啃東西嗎？不，但是豪華氣派的美術室中不可能有老鼠啊！

啊！你看！那個阿多尼斯石膏像在搖晃。石膏像怎麼會動呢？

終於發生了更奇怪的事情。

啪—啪—，石膏像開始裂開。白石膏的表面出現幾道細紋，而且慢慢的擴大。

啪啦、啪啦，石膏碎片掉落地面。而且掉落的石膏塊越來越大。因為地上鋪了地毯，因此，從門外聽不到石膏掉落的聲音。

石膏破裂的情況越來越嚴重，裡面出現黑色的東西。

右腿從膝的部分分開，裡面伸出另外一條黑色的腿。接著左腿也出現同樣的情況。

膝蓋以上覆蓋石膏的兩條黑色的腿，從座檯跨到地毯上。

石膏像的左右手從肩膀的部分完全脫落，石膏掉到地面上。露出黑色的手。

兩隻黑手，迅速拿掉覆蓋身體的全部石膏。

一位穿著黑色緊身衣的人出現了。頭上蓋著黑色蒙面布，只露出雙眼。沒想到阿多尼斯石膏像中竟然躲著一個活生生的人。

屋頂上

從石膏像裡冒出來的人，當然就是四十面相。

他假扮成早野公司的石膏商，利用阿多尼斯石膏像送修時把自己封在石膏裡，再由假扮早野公司職員的四名手下，將石膏像送回神山家，直接將四十面相搬入美術室裡。

二樓的美術室裡只留下一盞微暗的燈泡。兩名監視的書生守在門外的走廊上，室內空無一人。這是在明智偵探吩咐下才故意這麼做的。

石膏像被破壞之後，出現穿著黑色緊身衣的四十面相。他凝神環顧四周，確認屋內空無一人時，立刻跑到懸掛S夫人像油畫的牆下，敏捷的從牆上拿下作品並鬆開畫框，小心翼翼的取下固定在畫框上的畫布，將畫布捲成棒狀。

如果連同畫框一起扛走，則體積過於龐大，於是聰明的竊賊將畫布捲起來，以便於攜帶。

接著他解下綁在腰上的黑色包巾，將捲好的畫布包起來，斜背在背上，再將包巾的兩端拉到胸前打結。這麼一來，逃走時雙手空無一物，動作比較靈活。

四十面相靜悄悄的進行這項工作。之前破石膏像而出時，他也非常小心謹慎，避免發出聲響。由於地板上鋪有厚地毯，因此就算發出些微的聲響，外面的人也聽不到。

在走廊上監視的兩名書生，渾然不知在美術室中的倫勃朗油畫已經被偷走了。兩人一直認為四十面相會從外面溜進來。

四十面相悄悄的打開美術室的玻璃窗，身手敏捷的躍上窗台，沿著安裝在外面的水管，如同猴子般靈活的爬上大屋頂。

爬上屋頂？四十面相到底想要做什麼？

神山家的洋房位於廣大庭院的正中央，屋頂上的人根本不可能從屋頂上跳到鄰居家的屋頂。

嚴密包圍洋房四周的警察，根本沒有想到四十面相會逃到屋頂上，因此，並沒有人注意上方，大家都認為四十面相會從外面溜進來。

這時，幸好有一名眼尖的警察發現異狀。這名警察並不是刻意要監視屋頂，而是若無其事的抬頭張望時，眼角正好瞄到跳上屋頂的四十面相的兩隻腳。

雙腿很快的消失在屋頂上。在灰色水泥牆壁的頂端，好像有兩根黑棒子垂掛在那兒，然後又突然消失。

發現異狀的警察，並沒有想到那會是人類的腳。在一片漆黑中，什麼都看不清楚。

警察感到有點擔心，他仔細的看著屋頂。屋頂上一片黑暗，什麼都看不到。他懷疑自己可能眼花了，但是，總覺得紅色的屋瓦上有黑色的東西正在爬行。

可能是自己太多慮了，不過他還是決定向中村警官報告。滿腦子疑惑的警察，找到了站在庭院中的中村警官，說明這件事情。

中村警官身旁，正好站著明智偵探和小林少年。明智聽完警察的報告之後，說道：

「喔！他真的這麼做。那麼油畫可能已經被偷走了。竊賊偷走油畫之後，無法跳入被警察包圍的庭院中，因此只好爬上了屋頂。」

明智好像認為這是預料中的事情，不足為奇。

「咦！油畫被偷走了？你怎麼知道的呢？四十面相是從哪裡溜進來的呢？你既然知道，又為什麼不阻止他呢？」

中村警官好像責怪明智似的吼著。

「不！我並不知道。那個傢伙經常像魔術師一樣，不知道會從哪裡溜進來。因此，我猜想油畫可能已經被偷走了。」

「什麼！那你為什麼不阻止他溜進來呢？」

「不，我已經阻止他了。這是有原因的，細節稍後再告訴你。總之先到美術室去調查。如果油畫被偷走了，就表示那個傢伙真的跑到屋頂上去了。」

「好！立刻去看看！」

中村警官也認為應該要趕緊去美術室調查。他接受明智的建議而朝美術室跑去。明智偵探和小林少年也跟隨在後。

打開二樓美術室的門之後，中村警官發出「啊」的尖叫聲，呆在那裡。

出現在眼前的，是散落一地的阿多尼斯石膏像碎片。

「這是怎麼一回事？不是昨天才修好送回來的嗎？怎麼又破了。難道有人這麼晚還在打棒球嗎？」

警官感到很訝異，喃喃自語的說著。

「這次不是被球打破，而是從內部弄破的。」

明智說出奇怪的話。

「咦！從內部弄破的？這是什麼意思啊？」

「四十面相躲在這個石膏像裡面啊！」

「咦！那個傢伙躲在裡面？明智先生，你知道這件事情嗎？既然你知道，為什麼之前……」

「不，不，我不知道。我是現在看到這些石膏碎片才知道的。我太粗心大意了。那個傢伙經常使用這種手法。我竟然疏忽了這一點。」

明智似乎很懊惱的說著。

接著，中村警官又「啊」的叫了起來。

「你看！倫勃朗油畫只剩下畫框，上頭空無一物！」

「嗯！正如我所料的。那傢伙果真把油畫給偷走了。但是，中村先生，請你不用擔心，我一定會把它要回來的。」

明智斬釘截鐵的說著。

「那麼，那個傢伙拿走了倫勃朗的畫布之後，立即逃到屋頂上去了嗎？」

「嗯！應該沒錯。除了屋頂之外沒有其他地方可以逃。」

「眾人從四面八方包圍，就算他跑到屋頂上，也無法逃走。那個傢伙到底打算怎麼做？」

中村警官感到不解的問道。

「對方是個魔術師，也許還有其他什麼絕招。總之，當務之急必須監視屋頂。普通的燈泡可能太昏暗了，無法看清楚，趕緊叫消防車來。利用探照燈（夜間使用，可以清楚看到遠處的照明裝置）照射，也可以

利用雲梯車。」

「嗯！這樣比較好。我趕緊打電話給消防局。」

中村警官說著，慌張的跑下樓梯。

在庭院的另一邊，警察們將電線接在樓下房間的電燈上，從庭院照著屋頂，眾人都抬頭看著屋頂。

「啊！有黑色的東西在動！的確是那個傢伙！」

「嗯！雖然貼在屋頂上，仍然可以看到一團漆黑的身影。一定是四十面相，趕緊向警官報告。」

說著，一名警察急忙跑進洋房裡。

水攻

不久之後，紅色的消防車抵達了，車子從門外直接開進庭院中。中村警官指示立刻打開探照燈。很快的，如白棒般的強光照在洋房的大屋頂上。

正如先前預料的，一名穿著黑色緊身衣的男子，身體緊貼著屋頂趴在那裡。探照燈清楚的照出他的模樣。

四十面相好像覺得燈光太強似的回過頭來，但接著立刻跑開。他無法從屋頂逃離，跳下來也必死無疑。

他沿著屋頂爬上屋脊。突然跨過屋脊，身影消失在另一邊。

探照燈的光無法到達屋脊，但是，絕對不能讓四十面相逃走。這時只能把車子開到另外一邊，再利用探照燈照射，找尋竊賊的蹤影。

消防車的駕駛發動車子，打算開到另外一邊去。看到這種情形時，中村警官阻止說：

「不要移動，沒關係。移動到對面時，他又會爬到這一邊，到時候又必須再回來。屋頂上的傢伙可以輕易的越過屋脊，但是，車子繞過去

就很麻煩了。與其如此，還不如升起雲梯車。只要能夠到達屋頂，我讓部下爬上去，就可以抓住那個傢伙了。」

接著，馬達啟動了，雲梯車不斷的往上升，逐漸到達屋頂的高度。

中村警官派遣的兩名部下，脫去鞋子與上衣，勇敢的爬上高聳在空中的雲梯。

警察隊中只留下三人守在後方，其他的人員則全都聚集到消防車的周圍。主人神山先生和書生們也夾雜在人群中。但是，明智偵探和小林少年不知道到哪裡去了。

四十面相逃到屋頂上之前，明智和小林也曾經消失了一陣子。在如此重要的時刻，他們又失蹤了，到底到哪裡去了呢？

兩名警察已經爬上雲梯車三分之二的高度，只剩下兩公尺就到達屋頂了。

突然間，躲在屋脊另一側的四十面相探出頭來，觀察這邊的動靜。

他似乎發現警察爬上雲梯了。

一旦讓兩名強壯的警察爬上屋頂，那可就糟了！他們一定帶了手銬和繩索，腰際一定有裝滿子彈的手槍。即使四十面相再厲害，也無法抵擋這些武器。

四十面相準備怎麼做呢？他會乖乖的束手就擒了嗎？

沒想到他竟然越過屋脊，毫不在乎的來到屋頂的這一側，再慢慢的滑到屋頂邊緣。他到底打算做什麼呢？

「喂！那個傢伙可能想要跳下來。趕緊準備救生器具。」

聽到中村警官的吩咐，消防人員趕緊取出車上的圓形帆布救生墊，五個人立刻攤開救生墊，並且將其靠在屋頂下方，打算用來接住從屋頂上跳下來的四十面相。

但是，四十面相並沒有跳下來。到達屋頂邊緣的突出部分時，他突然用雙手攀住架在那裡的雲梯，開始用力的搖晃。

先前爬上雲梯準備跳上屋頂的警察，根本抓不穩，身體開始從雲梯上往下滑落。

「啊！危險。」

還好沒有摔落地面，警察嚇得手心冒汗，向下滑落了三階，終於抓住雲梯的橫木勉強穩住身體。幸好隨後爬上來的另外一名警察還在更下方的位置，兩人並沒有撞在一起。如果不幸撞在一起而跌落地面，恐怕兩人都會沒命。

在上方的警察並沒有因此而放棄，再度爬上梯子，打算攀上屋頂。然而，四十面相好像正在等待他做這個動作似的，又開始搖晃梯子。

這一次警察已經做好準備，因此，並沒有往下滑落。不過，因為雲梯搖晃，所以還是無法跳上屋頂。

警察不得已只好掏出插在腰際的手槍。

「我只要開槍射擊，你就沒命了！」

警察大聲叫著，並對空鳴槍。

「哇哈哈哈哈……」

在這緊要關頭，四十面相竟然開懷大笑。

「哇哈哈哈……，這種威脅對我並不管用。因為我沒有帶任何武器嘛！根據規定，你不能殺害身上沒有攜帶武器的人。即使你對空鳴槍威脅我，我也不怕。哇哈哈哈哈……，咱們等著瞧吧！」

四十面相知道警察不能射殺他，因此有恃無恐。警察無可奈何，只好把手槍插回腰際。

可惡！每當警察想要趁機跳上屋頂時，狡猾的四十面相總是適時的搖晃梯子。警察為了避免掉下來，又得緊緊的抓住梯子。這樣根本抓不到犯人。

在地面上的中村警官等人正在商量計策。

「你覺得水攻的方式如何？用大水柱噴那個傢伙，讓他滑下來。然

後只要在下方用救生墊接住他就可以了。」

對於中村警官提出的這個方法，消防主任也表示贊成。

「試試看吧！只要接上管子再打開消防栓就可以了。水柱的力量強大，那個傢伙一定會滑下來的。」

「嗯！看來也只能這麼做了。但是，不知道是否能夠順利接住他？如果沒有接住，那個傢伙可能會摔死。這真是個困難的工作。」

中村警官擔心的說著。

這時，如果明智偵探在身邊，應該就可以想出更好的計策。但是明智和小林到底到哪裡去了？竟然在這種緊要關頭消失不見蹤影。

「好！試試看。但是要小心喔！不要真的讓他給摔了下來。只要嚇嚇他就可以了。當他覺得自己快要摔下來時，他一定會舉手投降。到時候再爬上雲梯抓住他就可以了。」

中村警官終於下定決心，做出這個指示。

消防人員立刻拉長水管，連接消防栓。在地面爬行的白色水管，好像蛇一樣的蜿蜒曲折，開始變得膨脹。

兩名消防人員緊握水管的前端。

水管膨脹的範圍逐漸延伸，終於到達前端。水管口突然噴出水柱。

水柱有如一根白色的棒子往上噴去。消防人員動作熟練的調整水管的方向，朝著大屋頂的突出處噴出水柱。

四十面相感覺好像被一陣雷雨當頭澆淋一樣，慌張的趴在屋頂上。

水柱的力道越來越強了。

來自空中的怪聲音

怪人無法抵擋水柱的力道，就快要從屋頂上滑下來了。

守在下方的五位消防人員迅速的攤開救生墊，等待怪人掉落下來。

啊！已經到了緊要關頭。怪人拼命的抓住屋瓦做死命的掙扎。他無法一直抓著，等到力氣用盡，在強力水柱的噴射之下，一定會從屋頂上滑落下來。

怪人四十面相真的已經無法逃脫了嗎？這個傢伙就好像魔術師一樣，也許還有一些絕招未使出來。

突然間，不知道從哪裡傳來普嚕嚕嚕……的奇怪聲音。

那是不是消防車馬達的聲音，也不是從水管噴出水柱的聲音。而是從黑暗的空中傳過來的另一種奇怪的聲響。

奇怪的聲音越來越高亢。

普嚕嚕嚕……。

普嚕嚕嚕……普嚕嚕嚕……。

好像有飛機飛過來了。不！和飛機的聲音有點不同。

「啊！難道是星星。嗯！是流星嗎？但如果是流星，也未免飛得太慢了！好像有奇怪的星星正在飛行。」

一名警察用手指著天上，告訴站在身旁的另一名警察。

「嗯！飛過來了。不是星星，啊！是直昇機。先前聽到的怪聲音就是螺旋槳的聲音。」

就在警察們交頭接耳時，一架直昇機出現在夜空中。

普嚕嚕嚕……，普嚕嚕嚕……，普嚕嚕嚕……。

螺旋槳的聲音越來越大，大到無法聽到人說話的聲音。空中突然颳起強風。

「啊！就停在屋頂的正上方！難道直昇機要過來救四十面相嗎？」

的確如此。直昇機就停在洋房二樓的正上方。螺旋槳慢慢的轉動，停留在空中。

突然間，駕駛室的門打開了。

駕駛室裡出現兩個人影。其中一個從打開的門內垂下一根長長的東

西。

「啊！是繩梯！打算利用繩梯將四十面相接到直昇機裡。」

地面上的人異口同聲的大叫，除了尖叫之外，根本無計可施。

繩梯慢慢的由屋脊盪到四十面相的身旁。

強大的水柱依然朝著怪人的頭上噴灑，但就是無法把他給沖下來。四十面相緊緊的抓著屋瓦，慢慢的朝屋脊接近，終於越過屋脊，消失在另外一邊。

「啊！爬上去了，四十面相爬上繩梯了……」

有人懊惱的叫著。直昇機的確是四十面相的同夥開來的，他們從空中撈起怪人。

「喂！趕緊噴水。把那個傢伙從繩梯上給沖下來！」

中村警官大叫著。但遺憾的是，水柱無法到達繩梯。

身著黑衣的四十面相一直往上爬，已經到達直昇機駕駛室的正下方了。他用左手抓住繩梯，放開右手在空中揮舞，好像在嘲笑地面上的人似的。

「哇哈哈哈……。各位，辛苦你們啦！我的確已經拿到倫勃朗的名畫了。再見啦！」

雖然說話的聲音並沒有傳到地上，但是大家都聽到他的嘲笑聲。安穩的背著倫勃朗名畫的四十面相，竟然就要從眼前消失了。

警察們覺得非常懊惱，但是卻無可奈何。

即使開槍射擊，子彈也無法到達那麼高的天空。

「沒辦法了！趕緊通知警政署派遣直昇機攔截。」

中村警官咬牙切齒的說著。為了預防萬一，警政署隨時有兩架直昇機待命。

中村警官命令一名部下趕緊打電話到警政署。但是，卻突然發現奇怪的事情。

「咦！我好像看過那架直昇機。那不是警政署的直昇機嗎！這到底是怎麼回事？」

的確沒錯。直昇機上有明顯的標誌。警政署的直昇機，怎麼可能過來救助怪人四十面相呢？

難道怪人四十面相的部下，偷走警政署的直昇機，立刻飛過來，適時援救了首領嗎？

中村警官感到一陣錯愕，茫然的呆立原地看著天空。

第二架直昇機

怪人四十面相沿著繩梯往上爬，雙手終於攀在駕駛室的入口，然後躍過鐵棒跳進駕駛室。

「是松下嗎？」

當怪人詢問時，坐在駕駛座上的男子一邊收起繩梯一邊說道：

「是的！」

「另外一個人是誰？」

「新米。是我的助手！」

被稱為松下的男子，用奇怪、嘶啞的聲音回答。他的鴨舌帽戴得很低，並且豎起上衣的衣領，好像刻意要遮住臉似的。

「喔！怎麼會有這樣的助手。看起來好像小孩一樣。」

這個助手的外型奇怪，如同小孩般的矮小，同樣把鴨舌帽戴得低低的，穿著一件寬鬆的衣服，看起來就好像小孩穿著大人的衣服。

雖然四十面相有點懷疑，但是，現在無暇再考慮這些，只想趕緊逃離當場。

松下坐在駕駛座上，直昇機升空之後直接往東方飛去。

直昇機的前方有照明燈，不過駕駛室中卻是微暗的，根本看不清楚

雙方的臉。

「松下，你知道我們要去哪裡嗎？」

四十面相小心翼翼的問道。

「去哪裡啊？」

松下低著頭，仍然用嘶啞的聲音回問。

「去哪裡？笨蛋！不是早就已經決定好了嗎！」

「決定好了嗎？」

「嗯，你在發什麼呆啊！真奇怪，這是怎麼回事？」

「不，沒什麼。我正在想其他的事情……」

「什麼？想其他的事情？喂、喂，你振作一點。邊駕駛邊想其他的事情，怎麼可以這樣，這裡是空中，掉下去可是會沒命的！」

「對不起！」

松下用嘶啞的聲音道歉。

天空中一片漆黑。下方的東京城市燈火輝煌，看起來有如閃爍光芒的美麗寶石。

「喂，松下，方向弄錯了，你到底是怎麼回事？朝之前的方向前進就可以了。為什麼要掉頭？」

原本朝東方前進的直昇機，不知怎麼搞的，突然掉頭往西方飛去。

「你安靜點！駕駛直昇機的事情就交給我吧。現在氣流不穩，我要繞道。」

駕駛終於發出奇怪的聲音。

「咦！你的聲音怎麼會這樣？是不是感冒了？」

「對，有點感冒。不要緊的。」

四十面相打從登上直昇機開始，就無法確認對方是不是松下。駕駛戴的鴨舌帽遮住了臉龐，而且一直低著頭。難道這個傢伙是冒牌貨，四十面相心中升起一股恐懼感。

就在這時，右邊的天空突然出現亮光，但並不是星星。

在天空中飛翔而且會發亮的東西，除了飛機與直昇機之外，不會是其他的東西。

四十面相發現另一個發光體並不是飛機，而是和自己搭乘的直昇機一樣的飛行器。真的是直昇機，而且朝這邊接近。快要看到對方的駕駛室了。啊！看到駕駛室裡的人了。

兩架直昇機逐漸接近。由五十公尺、三十公尺，終於拉近到十公尺的距離。

另外一架直昇機接近後，朝向與自己這部直昇機相同的方向並排飛行。

可以模糊的看到駕駛的臉了。

咦！在那裡的不是松下嗎？

四十面相嚇了一跳，看著身旁的松下的側面。這個傢伙並不是我的手下，緊急中有人前來救自己，因此認為是手下。會駕駛直昇機的手下只有松下而已，因此之前都一直認為身旁的傢伙就是松下。

不對，這個傢伙不是松下。坐在另外一部直昇機裡的才是松下。那麼，這個傢伙到底是誰呢？

「喂！你不是松下。」

四十面相戳了一下駕駛的腰窩，壓低聲音問著。

駕駛的真實身分

被稱為松下的男子抬起頭來，正視著四十面相。

「如果我不是松下，那麼你會認為我是誰呢？」

「什麼？是你！」

「喂！不可以動喔！我的手一動，大家就都會死喔！難道你沒有感

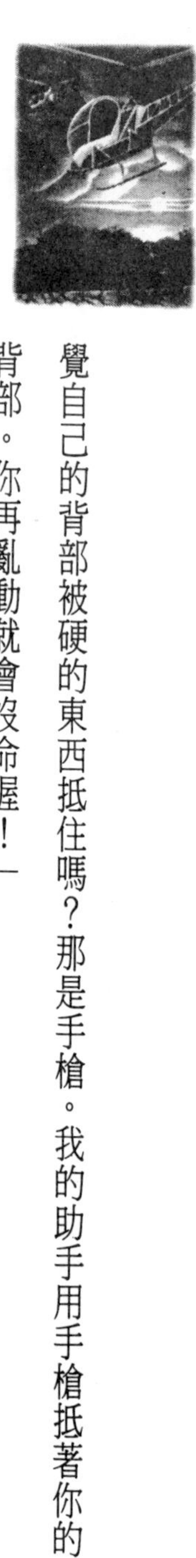

覺自己的背部被硬的東西抵住嗎？那是手槍。我的助手用手槍抵著你的背部。你再亂動就會沒命喔！」

「畜生！你到底是誰！是敵人還是同志？當然不是同志。但是之前你為什麼要到屋頂上救我呢？」

「不是救你！是要抓你！現在我就要把你帶到警政署去！」

「什麼？你是警政署派來的人！」

「也不是。喂！四十面相，你忘了我了啊？」

駕駛說著，從口袋掏出沾上油的小手巾，不停的往自己的臉上擦，臉上的妝扮終於被擦掉了。

「啊！是你，明智小五郎。」

「嗚呼呼呼……，你終於知道啦！在你的身後用手槍對著你的，就是我的助手小林。他穿著大人的服裝，假扮為身材矮小的男子。」

各位讀者，當四十面相爬上神山家洋房的屋頂時，在包圍屋頂的警察隊中，並沒有發現明智偵探和小林。相信各位都已經想起來了吧！當時兩人已經借用警政署的直昇機，正在飛往神山家的途中。

明智偵探不但會開車，還會駕駛飛機與直昇機，是個全能選手。明智從青年時代開始，就從事各種運動，鍛鍊身體，同時也經常練習駕駛飛機。

「喂！四十面相，你費盡苦心逃獄，但終究還是被我抓住了。這麼快就被抓住，這並不像平常的你喔！

哈哈哈哈哈。我知道你有直昇機，因此當你逃上屋頂時，我立刻就想到直昇機，因為除此之外，你沒有辦法從屋頂上逃走。

我料到你已經吩咐手下，在約定好的時間將直昇機開過來接你。你打算搭乘直昇機逃走。

我將計就計，帶著小林前往警政署，兩人喬裝改扮之後駕駛這部直昇機。在你的手下駕駛直昇機到達之前，先行到屋頂上來接你。

仔細一看，你的直昇機和這部直昇機的外形根本不同。但是，被水柱沖得暈頭轉向的你，根本失去分辨能力。你認為只有自己的直昇機會前來救援。結果中了我的計。

在旁邊飛翔的才是你的直昇機。坐在駕駛座上的應該是你的部屬，也就是名叫松下的那個人。他來晚了一步，首領被抓走，因此驚訝的趕了過來。但是，他卻無法射擊我們的直昇機，因為自己的首領坐在這部直昇機裡。

那名男子不知道該如何是好，只能一直跟著我們，甚至必須擔心自己也會被抓呢！哈哈哈哈哈……。

那麼，我就把逮捕你的消息通知警政署，請他們來處理嘍。」

明智說著，拿起駕駛座前方的無線電通話器，聯絡警政署的無線電室。

「這裡是空中警邏機（巡邏機）二號。報告。已經在神山家的洋房屋頂上逮捕怪人四十面相。目前正飛往警政署途中。預定大約十分鐘後在日比谷公園的廣場著陸。請在著陸地點安排幾名警察。」

明智對著通話器重複說了兩次。通話器清楚中傳來「警政署了解」的回答。

「四十面相，我還要告訴你另外一件事情。你自認為已經偷出倫勃朗名畫，將其背在背上，但是你錯了。你解下包袱仔細看一看。」

聽到明智的話，四十面相嚇了一跳，趕緊卸下包袱，拿出裡面的畫布。仔細的看了油畫之後，不禁「啊」的叫出聲來。

不知何故，怪人手中的油畫已經不是倫勃朗的畫，而變成另外一幅普通的風景畫。

四十面相露出訝異的表情，明智偵探則笑了起來。

「哈哈哈哈……。喂！四十面相，這次你徹底的輸了。你偷走的畫是贋品。原以為搭乘自己的直昇機及時逃出，沒想到竟然誤上警政署的警邏機。還有，坐在直昇機上的，竟然是你痛恨至極的明智小五郎。

哈哈哈哈……」

暗號之光

「哇哈哈哈哈……」

四十面相也放聲大笑。笑聲甚至蓋過明智的聲音。這個壞蛋，遭遇這種下場竟然還笑得出來。

「哇哈哈哈哈哈……，明智先生，你不愧是名偵探！幹得好！不過，倫勃朗名畫怎麼會變成一般的風景畫呢？我怎麼一點都沒有發現？我當時偷走的，的確是倫勃朗名畫。明智先生，你能不能告訴我謎底呢？」

對於四十面相的詢問，明智笑著說道：

「你是魔術師，難道會不了解這一點嗎？在你的背後用手槍抵住你的，是穿著大人外套但身材矮小的小林少年。小林事先拿著捲好的風景畫布，躲在神山家美術室的書架後面。當你弄破石膏像現身，偷走倫勃朗名畫，將其捲成棒狀擺在地上時，小林迅速的從書架後方伸手調包。小林的手法也很棒哦！哈哈哈哈哈……」

「喔！原來是這麼回事。的確相當厲害。我真是太小看你的少年助手了……。接下來你要如何處置我呢？」

「你不知道嗎？剛才我已經用無線電通話器和警政署聯絡過了。現在日比谷公園的廣場上正有許多警察在等著你。直昇機將在那裡降落，他們會逮捕你。」

當兩人談話時，四十面相的左手正在做著奇妙的動作。

他從口袋掏出小型手電筒，趁著明智偵探等人不注意時，朝著駕駛座的側面啪、啪、啪的開開關關的。

四十面相的手下所駕駛的直昇機，就在一旁並排飛行。難道四十面相是在利用手電筒打暗號嗎？

「哇哈哈哈……，這麼說來，我四十面相必須回到牢房裡去了。雖然你是會變戲法的魔術師，但我才是真正會使用魔術的人。表面上我好像被你抓住了，但是事實並非如此。嗚呼呼呼，待會兒你就知道了！」

四十面相還在做最後的掙扎。他可能想要藉此掩飾利用手電筒通信的過程。

不久之後，和警政署的直昇機並排飛行的另一架直昇機，逐漸的將距離拉遠，慢慢的退到後面去了。

警政署的直昇機終於抵達日比谷公園的上方。

高聳在廣場上的梯架上有照明燈，透過光亮可以看到有十多名穿著制服的警察圍成大圓形站在那裡。

後方一群穿著西裝的人都是新聞記者，其中有些人拿著照相機。在

警政署守候的記者們，知道四十面相被抓之後，也都跟著警察來到公園廣場。

明智駕駛的直昇機飛到廣場的正上方，然後慢慢的下降，在接近地面時，可以清楚的看到廣場的情況。

時間已經過了半夜十二點，廣場上除了警員、新聞記者之外，竟然還有許多看熱鬧的人群，而且人數不斷的增加。

警察們忙著阻止跑到廣場中央的人群，開始淨空廣場，以便讓直昇機降落。但是人數實在太多了，直昇機一直無法降落，在廣場上空停留了大約五分鐘。

最後，名偵探還是慢慢的讓直昇機降落了。接近地面時，螺旋槳刮起旋風，揚起可怕的沙塵。聚集的人群全都遮起眼睛，朝角落跑去。

地面終於空了出來，明智順利的降落直昇機。原先閃躲到一旁的看熱鬧的人群以及新聞記者們全都蜂擁而上，頓時，駕駛座周圍擠滿了黑壓壓的人群。

扒手源公

直昇機駕駛座的門被打開了，在一旁等待的警察們立刻上前，抓住四十面相的手，把他給拉出座艙外。但是，正準備銬上手銬時，原先溫馴的四十面相突然使盡全力，甩開警察的手，迅速衝入人群中。

「啊！」驚訝的警察立刻追趕了過去。

四十面相衝入新聞記者群中。

「畜生！竟然想逃走！快點抓住他！」

記者們異口同聲的大叫著，合力將穿著黑色緊身衣的四十面相推到前方。

拿著手銬的警察飛撲而來，在犯人的雙手上銬上手銬。逃犯再也無

法逃走了。在十幾名警察的包圍下，四十面相乖乖的前往警政署。

不久之後，四十面相被帶到警政署地下室的調查室。對面坐著搜查一課的組長中村警官。

中村警官經常因為四十面相而丟盡了顏面，他非常痛恨眼前這個犯人。心想，這次你再也插翅難飛了吧。以可怕的眼神瞪著對方。

旁邊坐著的是明智偵探和小林少年。四十面相在兩名警察的隨身押解下，站在眾人面前。

「喂！四十面相，你的本名叫做遠藤平吉吧！你好不容易逃獄，現在又被抓回來了，你就像是個糟老頭一樣！」

中村警官得意的說著。

「咦！四十面相？……遠藤平吉？」

小林少年立刻察覺情況不對。他碰碰明智偵探的膝蓋，輕聲說道：

「啊！那個傢伙的臉好像不太一樣。和坐在直昇機上的那個傢伙不同喔！」

中村警官把臉湊過去仔細查看。先前並沒有察覺任何異樣。

「喂！遠藤，你為什麼不清楚的回答我。你是不是自稱為四十面相的男子？」

中村嚴厲的詢問，但是男子卻驚訝的說道：

「不，不是的。我不是那個人。剛才我遇到悲慘的事故。我在日比谷森林中被三名男子挾持，他們讓我穿上這樣的衣服，然後硬把我推向廣場的人群中，同時又立即把我推到警察面前。我根本不知道發生了什麼事情。」

穿著黑色緊身衣的男子，憤憤不平的說著。

情況真的有點奇怪。眼前這位嫌犯，說話的語氣和四十面相真的完全不同。

「你還想撒謊？我不會再上你的當了！你就是四十面相！」

「喔！那麼請看這個。那三個人說，如果我被帶到調查室，就把這個東西拿給你們看，就是這個……」

男子說著，從黑色緊身衣的口袋掏出一張紙片，署名給中村警官。

接過紙片一看，上面用鉛筆寫著以下的文字。

> 這個傢伙是扒手源公。暫時借用他代替四十面相。為你們抓了一個扒手，你們應該可以忍耐一陣子了吧！再見啦！
>
> 給警政署的警察們
>
> 四十面相上

中村警官看過之後，露出可怕的神情，瞪著穿黑色緊身衣的男子。

「你叫做源公嗎？」

「是啊！我叫源公。」

男子輕鬆的回答。

中村警官轉身對著身旁的警察耳語，該名警察立刻走出房間。不久之後，帶著一名穿著西裝的人進來。對方是負責竊盜科的刑警。

刑警進入偵查室，看了穿著黑色緊身衣的男子一眼，說道：

「你是源公嘛！你又偷東西啦。你到底要被關幾次才高興呢？」

好像責罵對方似的說著。

然後對中村警官斬釘截鐵的說：

「組長，這位是有七次前科的慣竊。他的確是源公。」

四十面相真的是魔術師。原先在直昇機中的的確是四十面相。不知道什麼時候竟然變成了這名扒手。

明智偵探想了一會兒，立刻找到答案。

「中村先生，我知道了。之前四十面相從直昇機裡被帶出來時，曾經甩開警察的手，鑽進新聞記者群中。記者們抓住他並且把他推出來，在這瞬間就已經換人了。

也就是說，有一群人假扮成新聞記者。一定是四十面相的手下。他們事先抓住源公這個扒手，利用他來代替四十面相。兩人的臉看起來有點像，在一片混亂中，連警察都沒有發現。四十面相穿著黑色緊身衣，因此，他們故意讓源公穿上黑色緊身衣，以便順利掉包。」

四十面相的手下為什麼會知道直昇機將在日比谷公園降落呢？明智偵探之前一直沒有察覺到異常，但相信讀者們都已經知道答案了。

也就是當兩架直昇機並排飛行時，四十面相利用手電筒對手下的直昇機打暗號，可能是利用莫爾斯密碼（美國的山謬爾•莫爾斯想出來的通訊符號。藉著長短兩種組合表現文字）通信。

四十面相的手下在直昇機上接收到訊號之後，立刻以電話通知其他夥伴，傳達直昇機的降落地點。因此，同夥們立刻趕到日比谷公園設計了換人計謀。

明智繼續說明：

「當時人群擁擠，真正的四十面相到底躲在哪裡就無法得知了。假扮成記者的同夥，可能早已備妥外套或是披風等，讓四十面相迅速換下黑色緊身衣。半夜一片黑暗，旁人無法察覺。」

「喔！是嗎？那就叫新聞記者們過來接受調查。」

中村警官大聲命令著。一名警察趕緊跑了出去，不久之後，帶回了一群新聞記者進入調查室。

「在公園的直昇機旁抓到這名男子，並交給警察的記者朋友們，是不是在現場？」

當警官詢問時，記者們互相對望。其中一人回答道：

「不，那些並不是報社的人。我們也不知道他們是誰。人群中有六、七個奇怪的傢伙一直跟在我們身旁。就是那些人把犯人推出來的。」

「原來早就做好準備。那麼，真正的四十面相到底逃到哪裡去了，你們都沒有察覺到嗎？」

當警官詢問時，記者們驚訝的問道：

「咦？這麼說來，這個傢伙不是四十面相囉？」

「嗯！因為天色昏暗，所以看不清楚。抓到的是一名叫做源公的扒手。他穿著黑色緊身衣被帶到偵訊室來。四十面相已經被掉包走了。」

中村警官難為情的說明著。

對於警政署而言，這當然是一大失誤。不過，明智偵探和小林少年看起來並沒有很失望，這到底是怎麼一回事？如果四十面相已經準備好絕招，那麼兩人將以什麼招術還擊呢？

口袋小鬼

話題回到先前的緊張時刻，也就是，當直昇機在日比谷公園的廣場上降落的時候。

聚集在直昇機周圍的新聞記者，與看熱鬧的人群中，夾雜著三名小孩。

三個小孩都好像是流浪少年（居無定所、沒有工作而到處徘徊的少年），看起來髒兮兮的。其中有一位身材矮小、好像幼稚園的孩童。

這三個人是奉小林少年的命令而前來的流浪少年。最小的那位被稱為「口袋小鬼」，他也是流浪少年隊的隊員。

三位少年分散在不同的地方，好像俟機行竊的扒手一樣，在人群中鑽進鑽出的。小林團長吩咐他們監視四十面相，發現有任何可疑的事情就趕緊通知。

小林預計抓到四十面相之後將帶往日比谷公園廣場，因此事先聯絡流浪少年隊前往公園。流浪少年們原本就無所事事，多的是時間。三名少年中，頭腦最聰明、動作最靈活的就是口袋小鬼。他的身材矮小，可以在人群中任意的穿梭。

「喂！誰呀？誰在我的旁邊鑽來鑽去的。」

當說話的人驚訝的回頭張望時，口袋小鬼早已消失在擁擠的人群中。就在來回穿梭時，口袋小鬼發現可疑的男子。

男子的鴨舌帽戴得很低，身上穿著大外套，被四、五位新聞記者圍繞著。口袋小鬼敏捷的鑽入這些人群中，結果發現奇怪的事情。

那名男子並不是穿著一般人慣穿的長褲，而是好像馬戲團人員穿的緊身衣褲。

「真是個奇怪的傢伙！」

口袋小鬼想著，於是想盡辦法跟在那名男子的身邊，以便隨時注意他的動靜。就在這時，警察們從直昇機中抓出四十面相，周圍一陣騷動。

當穿著黑色緊身衣的四十面相，甩開警察的手，迅速的衝入人群中時，發生了不可思議的事情。

好像新聞記者的四、五名男子，抓住衝過來的四十面相，把他拉到那位奇裝異服的男子身旁，迅速脫下怪男子身上的外套，讓衝過來的四十面相穿上，然後又快速的將怪男子頭上戴的鴨舌帽，移到四十面相的頭上。

被拿掉外套和鴨舌帽的男子，隨即變成和四十面相原先的裝扮一模一樣，全身穿著黑色緊身衣，連容貌都有點相似。

好像新聞記者的這一群人，將怪男子推向擁擠的人群前方，同時大聲叫道：

「就是這個傢伙！竟然想要躲入人群中。」

就這樣，男子立刻被警察逮捕。

容貌相似且服裝一模一樣，因此，忽忙之間警察們並沒有發現抓到的是替身，立刻用手銬銬住抓到的男子，並且將他帶走。

認為四十面相被帶走之後，新聞記者與看熱鬧的人群陸續跟在警察的身後。眾人做鳥獸散，四周立刻安靜了下來。

穿上大外套、頭戴鴨舌帽的四十面相後來如何呢？他迅速的跑向公園的角落，躲藏在茂密的樹林中。

口袋小鬼心想，萬一跟丟了可就失去線索了。他動作敏捷的跟在對方身後。小鬼的身材矮小，旁人不容易起疑。他很擅長跟蹤，身旁的大人不會對他產生疑心。

口袋小鬼想要立刻通知明智老師和小林少年，但是時間上根本來不及這麼做。四十面相朝著與直昇機相反的方向跑去。如果先去通知，再折返繼續跟蹤，恐怕無法掌握對方的行蹤。這時要是有其他的流浪少年在身邊就好了，只可惜另外兩名流浪少年已經不知去向。

奇怪的變裝

在四十面相躲藏的樹叢中，有一個四方形的大皮箱。一定是手下奉命帶到這裡來給首領變裝用的。

四十面相藉著手電筒的亮光，打開皮箱。皮箱裡面塞滿著各式各樣的服裝。他將手伸入皮箱蓋內側的袋子裡，拿出小鏡子和盒子。盒子裡有塗抹臉部的顏料和假鬍子，以及其他各種道具。

四十面相蓋上皮箱蓋，將鏡子擺在皮箱上，利用手電筒的亮光照著臉，開始裝扮臉部。

周圍有茂密的樹林圍繞，因此，不必擔心手電筒的光照射到外面。

時間是晚上十二點過後。先前聚集在廣場上看熱鬧的人群已經離去了，公園裡空無一人。假扮為新聞記者的四十面相的手下，也不知道躲到哪裡去了。

四十面相輕鬆的變裝，看起來心情非常的平靜。

他為什麼要在公園裡變裝呢？為何不直接穿著外套遮蓋黑色緊身衣褲，悄悄的溜出街道外呢！半夜行動不必擔心被別人撞見，可以命令

手下備妥汽車，直接坐上汽車逃走。

但是，他並沒有這麼做，反而在這個奇怪的地方變裝，也許是有什麼特別的理由吧！

四十面相認為周圍沒有人，因此非常安心。事實上，一名矮小的少年正蹲在樹叢對面，從樹葉的縫隙中監視著他呢！

這名少年就是流浪少年隊的口袋小鬼。他的身材矮小，甚至可以裝在口袋裡，因此，大家就給他這個綽號。他真的是一位非常聰明、伶俐的孩子。

之前在亂哄哄的公園，口袋少年察覺到假冒的四十面相後，於是跟蹤真正的四十面相來到樹叢附近。

他小心翼翼的躺在樹叢外，儘可能不被對方發現，並且不時的監視內部的情況。

雖然透過樹葉的縫隙有些看不清楚，但是，他知道四十面相正藉著手電筒的光線在臉上塗抹顏料。

四十面相果然是變裝名人，手法相當快速……。

他很快的就完成臉部的裝扮，接著又從皮箱中取出黑色的衣服，套在黑色緊身衣上方，然後蓋上皮箱，不知道在肩膀上擺些什麼東西，接著戴上帽子，穿上鞋子。

變裝結束之後，將先前穿著的外套丟入皮箱，再度蓋上蓋子。手上拎著皮箱走出樹叢。

口袋小鬼看到這種情形，迅速的躲入樹叢的另一邊。定睛一看，發現出現在眼前的是一名警察。原來四十面相假扮成警察。

哇噻！真的是非常巧妙的變裝。警察的制服與帽子，肩膀上背著手槍槍套，任何人都會以為他是警察。

當口袋小鬼看到他的那張臉時，著實嚇了一跳，和之前的四十面相完全判若兩人，感覺並不是四十面相的變裝，而是不知道從哪裡趕過來

支援的警察。

嗯！四十面相的確是變裝的名人。沒想到他的手法如此高明，就像魔術師一樣。

假扮成警察、手提皮箱的四十面相，抬頭挺胸的朝前方走去。口袋小鬼小心翼翼的跟蹤在後。

警察走出公園，迅速的朝一旁的警政署走去。對於四十面相而言，警政署應該是他最害怕的場所，但是，他怎麼會若無其事的進入這個可怕的地方呢？

來到警政署的入口，寬廣的石階上有警察站崗。前方停放著許多部警車，半夜時經常有警察在這裡進出。

假扮成警察的四十面相，來到石階前，竟然大搖大擺的走上石階。啊！四十面相是怎麼一回事呢！他好像是在說「請來抓我吧」，態度從容的走入警政署。

口袋小鬼驚訝的凝視著他的背影。盜賊竟然假扮成警察走入警政署裡。怎麼會做這麼愚蠢的事情？

假警察，對站在石階上的警察揮了揮手，直接進入玄關。真正的警察，毫不懷疑，同樣的以揮手方式打招呼。

警政署每天有上千名警察出入，不見得彼此認識，只要穿著制服，他們都會認為是自己的同志。

假警察手提大皮箱，因此門口的警察可能會認為裡面裝的是犯罪事件的證物。經常有手提大皮箱的警察進出此處，所以沒有人會起疑心。

當假警察消失在玄關中時，口袋小鬼趕緊跑向石階，叫喚站在那裡的警察。

「警察先生！趕快抓住那個傢伙！那個提著大皮箱的傢伙，他是四十面相。我親眼看到他變裝。趕快抓住他……」

警察驚訝的看了看四周。看到全身髒兮兮、好像流浪兒的孩子時，

警察揮揮手指示他到別的地方去，並不理會小鬼所說的話。

「警察先生！我說的都是真的！如果不趕快行動，他就會逃走了！你不知道四十面相嗎？就是那個可怕的盜賊啊！」

口袋小鬼抓著警察的手拼命的大叫。

「到那邊去！這裡不是你該來的地方。你們這些流浪少年經常欺騙警察，我才懶得理你。」

警察甩開被少年抓著的手。口袋小鬼跌坐在石階上。

「好痛啊！叔叔，你在做什麼！」

口袋小鬼勉強的站了起來，拍拍屁股說道：

「你以為我是孩子就這樣欺負我。我沒有騙你啊！剛才那個傢伙真的是四十面相。快一點……，不快一點的話，他就會逃走的。」

「真囉嗦！滾開！」

警察毫不在意的轉過頭去。

「啊！對了，明智老師在這裡吧！名偵探明智小五郎老師啊！我是明智老師的弟子，是流浪少年機動隊偵探團的團員。你只要這樣告訴明智老師，他就知道我沒有說謊。」

這時，一位警官走了過來，聽到口袋小鬼的吵鬧聲，問道：「怎麼回事啊？」

口袋小鬼心想，這個人可能比較清楚狀況，因此，將剛才的話又說了一遍。

「明智先生現在在調查室，趕緊去通知他。如果這個孩子說的是真話，那可就糟了。你趕緊到調查室去看看。他應該和搜查一課的中村組長在一起。」

聽到長官的命令，警察沒辦法，只好跑上石階，走入玄關。

不久之後，警察帶著明智偵探的得力助手小林少年回來了。

「啊！小林團長！」

「啊！口袋小鬼！」

兩人同時叫喚著對方。

「這位是流浪少年機動隊的孩子，是我的團員。他所說的話絕對不會錯。」

警政署的人員都知道小林少年是名偵探的助手。等小林說完之後，大家才知道事態嚴重了。

趕緊去找明智偵探和中村警官。聽到口袋小鬼的敘述，眾人都嚇了一大跳，立刻動員，對警政署內部進行大搜索。

警政署內部有幾百個房間，即使是半夜，待在署內的警察人數也非常多。

不久之後，所有房間的搜查行動都結束了，但是，並沒有發現可疑的警察。

也許他已經從後門逃走了。既然如此，那麼四十面相剛才就不需要進入警政署，然後再逃走啊？

啊！為什麼四十面相要費盡心思假扮成警察進入警政署呢？真是令人百思不解。

警政署長

得知用直昇機逮捕四十面相的消息後，搜查一科的岬口警官留在科長室待命。結束署內的搜索行動之後，一名警察進入科長室，向科長行禮後說道：

「科長，署長叫你。」

「咦！署長？在署長室嗎？」

「他聽說了四十面相的事件，剛剛從宿舍趕了過來。」

「知道了。我立刻就去。」

「科長，署長說要請中村組長一起去。要去叫他嗎？」

「嗯！當然要去叫他。我先過去。」

崛口搜查一科科長進入警政署長的房間。不久之後，中村組長也來了。

署長室非常的寬大，中間擺著一張大辦公桌，桌前坐著穿著西裝的山本警政署長。時間是半夜，因此沒有祕書官陪同。

「啊！辛苦了。聽到四十面相的事情之後我非常擔心，因此過來看一看。我還不知道詳情，到底是怎麼一回事？」

聽到署長的詢問，崛口科長詳細報告當晚發生的事情。

「喔！這麼說來，是明智用直昇機把嫌犯帶到這裡來的。但是接下來的事情也未免太離譜了。對方是變裝名人，而你們卻抓到替身，而且又讓假扮成警察的四十面相混入警政署內。這樣有損本署的名譽，一定要好好的反省。這到底應該由誰負責呢？」

「這是我的責任。我的屬下出錯了。」

崛口科長很抱歉的回答。

「不，應該由我負責。我是整個事件的負責人。」

中村組長臉色蒼白的道歉。

「只不過是一個四十面相，竟然把整個警政署搞得天翻地覆，這樣怎麼對得起全國百姓。一定要力求振作。我們不能被四十面相那個可怕的怪物玩弄於股掌之間。

我想到一個捕捉妙計。事實上，我就是為了告訴你們這個妙計才過來的。我把妙計寫在上頭，你們看看吧。」

山本署長說著，從口袋裡掏出了信封，隔著桌子交到崛口科長的手上。信封裡裝有寫著妙計的信紙。

「你們利用今天晚上仔細看一看。明天早上我要聽聽你們的意見。我回去嘍！」

署長說完之後，從椅子上站了起來，慢慢的走向門口。崛口科長和中村組長跟在身後，準備送他離去。

來到走廊上不久，對面慢慢走來兩個人，哦！原來是明智小五郎和小林少年。

明智好像故意要擋住對方似的，站在警政署長的面前。

「啊！明智先生！」

署長驚訝的停下腳步。

「署長，我有事情要告訴您。」

「咦！要告訴我？」

「是的！一定要告訴你才行。」

「如果要花較長的時間，我們進入屋裡再說……」

「不，在這裡就可以了。署長，發生很奇怪的事情耶，有兩位警政署長。」

「咦！什麼？我聽不懂……」

「我也完全不懂。先前我打電話到署長的宿舍，結果山本署長正在寢室裡睡覺。這到底是怎麼回事？」

「怎、怎麼會有這種事……」

「只聽到說明我還無法相信。因此我讓幕僚叫醒署長，並請署長親自來接電話。剛才我才和署長通過電話呢！」

「不，不可能的！怎麼會有這種事！」

山本署長面紅耳赤的大叫著。

「沒什麼不可能。你應該知道事情的真相。」

「我、我知道什麼啊？」

「既然有兩位署長，那麼其中一位應該是假冒的。」

「假冒的？」

「是啊！你就是假冒的！剛才我還在猜想四十面相為什麼要假扮

成警察進入警政署。結果到了半夜，你就出現在署長室，而且召見崛口科長和中村組長。我覺得非常可疑。四十面相經常做一些驚世駭俗的事情，想藉此展現自己的威力。

想要偷盜東西時，都會故意預告行動的時刻，要別人事先戒備。他最喜歡玩弄這一套，因為這樣才能震驚世人。對於四十面相而言，警政署是他最痛恨的地方，如果能讓署裡的人大吃一驚，那麼他一定會非常痛快。四十面相一定會有這樣的想法。

四十面相假扮成警察，就已經令人震驚了，如果假扮成警政署長，那就更加刺激了。」

明智說到此處，停了下來，瞪著對方。

「所以，你認為我是四十面相？」

「是啊！你就是四十面相！最近警政署長遺失了一套西裝。一定是你命令手下偷走的。你把西裝和警察制服一起塞入大皮箱裡，先假扮成警察進入署內，再找尋空屋換上這套西裝，假扮成署長進入署長室。」

啊！這是怎麼一回事？竊賊假扮成大家熟悉的警政署長。四十面相不愧是變裝名人。

被明智識破的四十面相，接下來會怎麼做呢？

幻影警察隊

假扮成署長的四十面相，會驚訝的逃走嗎？不，就算他想要逃走，看來也逃不掉了，因為他現在就在警政署裡呀！但是，沒想到他竟然開始放聲大笑。

「不愧是名偵探，立刻就被你識破了。是呀！我就是四十面相，你打算怎麼辦呢？」

他以平靜的態度詢問。

「當然是要逮捕你。你還是投降吧！」

明智說完，站在旁邊的中村警官，立刻掏出隨身攜帶的手槍。

搜查一科科長折返署長室，打電話命令警察隊前來逮捕四十面相。

四十面相舉起雙手表示投降。即使是怪盜，面對槍枝也無計可施。

這時，走廊的另一端立刻趕來一大群穿著制服的警察，大約有十多人包圍四十面相，準備逮捕他。

在眾多警察包圍嫌犯後，中村警官根本無法開槍。如果勉強開槍，則可能會射傷警察。

在這種情況下，四十面相反而趁機從口袋掏出手槍，朝天花板上開了一槍。

聽到玻璃破裂的聲音。子彈不偏不倚，擊中天花板上的燈泡。燈泡破裂之後光亮立刻消失。但是，幸好走廊上還有其他的燈泡，因此，並不是完全黑暗的。

接下來，開始陷入可怕的打鬥。對手既然已經開槍了，警察們當然也拿起手槍還擊。

槍聲此起彼落，弄不清楚到底是四十面相還是警察中彈了。每次聽到槍響後，走廊上的燈泡就陸續破裂，終於變成一片漆黑。

「啊！抓到了。快！手銬！手銬！」

「什麼，是我啦！」

黑暗中傳來鬥毆聲。二、三個人在走廊上扭打成一團。又是一陣鬥毆聲。

「啊！逃走了！快追啊！」

「畜牲！竟然想逃走！快抓住他。這裡、這裡！」

警察們和四十面相扭打成一團，逐漸的退到走廊另一邊。

搜查一科科長和中村警官朝著聲音離開的方向追趕而去。走廊上一片漆黑，根本不知道狀況如何。

終於來到走廊的轉角，前方的走廊同樣是一片漆黑。奇怪，四周竟然一片寂靜。先前一大群喧鬧的人不知道消失到哪裡去了。這裡根本沒有人的蹤影。

小林少年拿著手電筒跑了過來。利用手電筒照射，發現走廊上空無一人。

十多名警察和四十面相都不見了，眾人好像幻影般的消失了。轉彎過來的走廊是一條筆直的通道，沒有其他地方可去。難道他們全都躲進某個房間裡了嗎？利用手電筒，打開兩旁的房門檢查，但是，所有的房間內都空無一人。

「啊！糟糕了。」

黑暗中傳來明智偵探的聲音。一個好像明智的身影急忙跑向走廊的另一邊。

搜查一科科長和中村警官不知道到底發生什麼事，也不知道明智偵

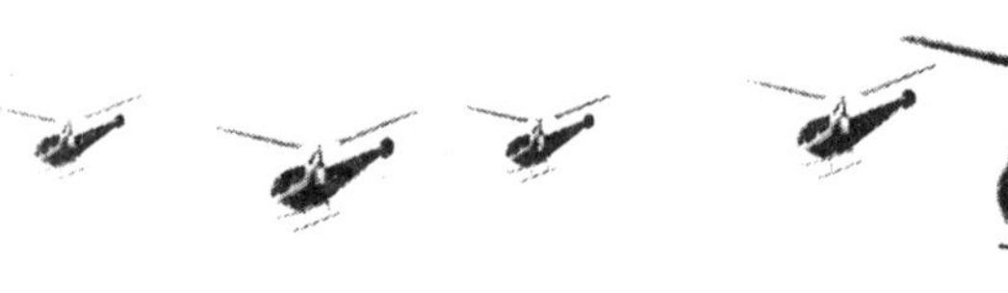
探為什麼要跑開，於是趕緊跟在明智身後，跑到走廊的另一端。

走廊上轉過去有燈泡照明，可以清楚看到周圍的狀況。

明智偵探朝這裡走了過來。

「明智先生，怎麼回事啊？」

中村警官詢問。明智偵探失望的說道：

「又被騙了！沒想到那個傢伙連這一套都事先準備好了。」

「咦！你是說先前的警察們？」

「嗯！他們全都是四十面相的手下。

之前假扮成新聞記者的那些傢伙，可能換穿警察的制服，還有其他的手下躲在其他的地方。四十面相的手下隨時待命，一旦假署長被抓住時，他們立刻過來援救。當四十面相即將被抓住時，手下們先將首領團團圍住，接著紛紛破壞走廊上的燈泡。他們刻意對準燈炮射擊，讓四周變得一片黑暗。」

走廊的盡頭就是警政署的後門。此刻他們已經從後門往漆黑的路上逃走了。

「我已經交代看守後門的警察們立刻追趕，不過，那群人逃出後門之後各自逃散，根本無法全部逮捕。尤其四十面相是個變裝名人，現在可能又變成另外一個人了。」

啊！這到底是怎麼一回事啊？大盜賊竟然假扮為警政署長，而他的手下們則假扮成警察，即時救走假的警政署長。這真是令人意想不到的事情。即使是明智偵探，也沒有想到對方會有這麼一招。

當四個人茫然對望時，身後響起雜沓的腳步聲。八、九名警察急忙趕了過來。接到科長的電話之後，警察們陸續來到署長室門前。他們趕過來時，正好是假警察隊繞過走廊逃走後的事情。

走廊上的燈泡全被擊破了，不知道發生了什麼事，因此，延誤了追趕竊賊的時機。

中村警官因為自己的失策，無法怪罪屬下，而只好趕緊命令眾人追趕假的署長。

皮箱中

故事回到之前。

在明智偵探打電話到警政署長的宿舍，確認出現在警政署的是假署長之前，小林少年和口袋小鬼兩人則跟在明智的身邊。當明智趕往署長室之後，口袋小鬼跑到其他地方去了。他心想：

「既然四十面相假扮成警政署長，那麼，他變裝的衣服應該放在皮箱裡。他一定是躲在某間空屋裡換上署長的衣服，並且變成另外一張臉出現在署長室。

因此，皮箱一定藏在某個房間裡。他可能直接把皮箱丟掉，也可能會帶回自己的巢穴。

我的個子很小，只要拿出皮箱裡的所有東西，自己就能躲進裡面，這樣就可以找出四十面相的巢穴了。好！就姑且一試，萬一被發現再想辦法吧！他應該不至於殺了我吧！」

口袋小鬼覺得自己很聰明，於是立刻在署內的各空屋中找尋皮箱。連續找了十幾個房間，終於找到了皮箱。

「不對！如果我躲進皮箱裡並蓋緊蓋子，那麼我一定會呼吸困難。應該要在皮箱表面鑽一些小洞才對。」

口袋小鬼從另外一個房間找出打孔機，然後跑回放置皮箱的房間，關上門立刻開始工作。

首先，小鬼將皮箱裡的所有物品放入衣櫥中。接著拿起打孔機，在皮箱隱密的位置上打了五十個孔。

動作敏捷的口袋小鬼，僅僅花費了十分鐘完成這項工作，然後縮起

身子側躺入皮箱內，再蓋上蓋子。皮箱蓋上的鎖，啪的一聲扣上，從裡面無法打開了。

口袋小鬼是一位流浪少年，早已習慣過苦日子了。即使長時間蜷縮在狹小的空間裡，也不以為苦。

皮箱表面已經打上小洞，因此空氣流通。利用這些小洞，也能聽到外面的聲響，的確非常方便。

不久之後，聽到門打開的聲音，感覺有人躡手躡足的走入房間。

聽到腳步聲接近自己之後，小鬼的身體翻轉了一下，因為皮箱被提起來了。

「哇！好重的皮箱。」

聽到說話聲。進來的人可能是四十面相的手下，不知道皮箱裡到底裝著什麼東西，因此沒有起疑。不知道他要將皮箱扛到哪裡去。

終於來到建築物的外面。陣陣涼風吹入五十個小洞中。

大約走了五分鐘。

「喂！我拿來了。快開門。」

有人輕聲說著，接著聽到開門的聲音。皮箱好像突然在空中飄浮似的，一下子就被放了下來。

「啊！我知道了。現在是在車子裡。太棒了，這部車子一定是要開往四十面相的巢穴。」

口袋小鬼忘記身體的疼痛，得意的笑了起來。

原本以為立刻就會出發，但是，車子卻一動也不動，時間過了三十分鐘。這三十分鐘對於口袋小鬼而言，這段等待的時間，就好像二、三個小時那麼長。

口袋小鬼並不知道這段時間內發生的大事件。假警察隊和假署長四十面相正在製造大騷動，並且已經巧妙的從警政署的後門逃了出來。

終於聽到汽車車門打開的聲音，好像有兩個人匆忙的鑽入車內。

「出發！全速前進。」

其中一個人大聲說著。

「首領！太棒了！要去哪裡呢？」

「奇面城！」

汽車開動了。接下來沒有人說話。

奇面城到底是什麼地方？口袋小鬼不曾聽過這麼奇怪的地方。

可能是坐在高級的汽車上，引擎的聲音非常小。即使如此，但是當路況不好時，搖晃還是很劇烈。

汽車奔馳了三十分鐘，搖晃程度變得更為劇烈，可能不是在平坦的柏油路上，而是在凹凸不平的路面上奔馳。

「啊！這個地方真是遠！」

口袋小鬼心中想著。覺得身體越來越疼痛，快要無法忍受了。

汽車大約行進了一個小時後終於停了下來。口袋小鬼心想，終於獲救了。有人從車上拿下皮箱，但是，隨後又好像被擺在另外一個交通工具上。

「咦！這一次可能是貨運火車。如果讓我待在火車上十小時，那可就糟了。不僅身體疼痛，肚子也會餓得受不了！」

口袋小鬼無奈的嘆了一口氣。

聽到普嚕嚕嚕、普嚕嚕嚕的聲音。感覺身體好像在空中飄浮，就像搭電梯一樣。

「啊！我知道了！是直昇機。四十面相有直昇機。一定是直昇機。要搭直昇機去哪裡呢？」

口袋小鬼有點沮喪。

「首領，要去奇面城嗎？」

「嗯！我們玩弄了警政署和明智偵探那個傢伙，接著必須休息一個禮拜。就到奇面城去好了。」

「世人好像都不知道奇面城這個秘密基地嘛！」

「當然不知道。奇面城這個名稱聽起來就令人毛骨悚然。實在太棒了！世人只知道我這個大號人物，但根本不知道我真正的藏身之地。哇哈哈哈哈……」

看來好像是四十面相和手下之間的交談。

口袋小鬼只認得幾個字。聽到他們正在談論奇面城，根本不知道那到底是個什麼地方。對於識字的人而言，應該可以猜出文字的寫法。

這個地名聽起來的確非常可怕。到底是個什麼樣的地方呢？是個奇怪的城堡嗎？

口袋小鬼聽不懂他們之間的談話。聽到之前四十面相說「聽起來就令人害怕」，覺得越來越不舒服。自己被帶往奇面城後，到底會遭遇什麼下場？一向膽大的口袋小鬼，想到此處，開始覺得背脊發涼。

直昇機飛行了一個小時，終於在某處著陸。

聽到開門的聲音，有人步下直昇機。接著皮箱被提了起來，不知道要提到哪裡去。

這裡似乎是個非常荒涼的地方。空氣非常清晰，待在皮箱裡都覺得非常寒冷。

移動了很長的一段距離之後，皮箱終於被放了下來。好像被帶入屋子裡了，皮箱中不再有涼風徐徐吹入，可能不是在原野上。也許已經到了一個非常可怕的地方。

真擔心皮箱蓋會突然被打開，但幸好有人擺下皮箱之後就離去了。四周頓時變成如墳場般的死寂。

小鬼縮著身體等待下一步行動。時間分分秒秒的過去，一直沒有人接近皮箱。口袋小鬼從口袋裡掏出隨身攜帶的小刀，劃破皮革後伸出手來，扳開皮箱鎖後，悄悄的打開蓋子。

這裡四周一片漆黑。一個有如地獄般黑暗、冰冷的場所。這裡到底

是哪裡？

四十面相的美術館

口袋小鬼拿出經常放在口袋裏的筆型手電筒，打開照明，四周立刻變得明亮。

這是一個四周都是水泥牆的房間，好像是儲藏室。角落有一些木箱和壞掉的桌椅。一邊的牆上有門。口袋小鬼把耳朵貼在門上傾聽，並沒有聽到任何的聲音。他輕輕的轉動把手，門啪的一聲打開了。

探出頭往外張望，看到兩邊都是水泥牆的走廊。天花板上垂掛小小的燈泡，走廊上很昏暗。水泥牆並沒有粉刷，好像隧道一樣。

口袋小鬼沿著走廊往右走。身材矮小的他，緊貼著牆壁，走在微暗的走廊上，並沒有人發現到他。

即使對面有人走過來，只要及時將身體貼在牆上，就不必擔心被對方發現了。

在如同隧道般的走廊盡頭轉個彎，往前行進十五公尺就沒有路了。一塊大岩石擋在走廊的正中央。

口袋小鬼聽到遠處好像傳來潺潺的流水聲。

岩石兩側有一道二十公分的縫隙，從那裡往外看，岩石對面是深不見底的黑暗洞穴。剛才聽到的怪聲音，就是從洞穴中傳來的。

涼風輕拂臉上。

「啊！我知道了，下方有河川。」

不知道幾公尺深的谷底有河川。因此，這裡應該不是洞穴，而是山谷上方。

走廊橫跨在深深的溪谷上方，底部有溪水流動。

「這到底是怎麼回事啊？我從來沒有聽說過建築物的正下方竟然有

這種深谷。真是個奇怪的建築！」

口袋小鬼有點害怕，不斷的抖動著身體，往後退。他通過之前的儲藏室，往建築物的更裡面走去。轉個彎看到一扇緊閉的大門。

從鑰匙孔透出光線，屋裡應該有明亮的燈泡。小鬼側耳傾聽，發現房裡有人在說話。

口袋小鬼將眼睛貼在鑰匙孔上，窺探裡面的情形。

一看之後嚇了一跳。這是一間非常華麗的房間。玻璃櫃閃耀光芒，許多陳列架上擺著黃金佛像、美麗的大壺、各種雕刻品、鑲有寶石的皇冠、項鍊等，滿屋子都是金碧輝煌的寶物。

天花板上垂掛的美術燈，是由好幾百顆水晶球組成的，耀眼的光線照射在多不勝數的美術品上。

美術燈的下方有一張雕刻非常精巧的圓桌，四張金色的椅子圍繞在桌前，兩名男子坐在椅子上談話。

其中一名是穿著警政署長服裝的四十面相，另外一名是穿著警察制服的手下。他一定就是之前提走皮箱的那個人，渾然不知口袋小鬼就躲藏在裡頭。

「無論什麼時候看都令人賞心悅目。我的美術館不錯吧……。即使是東京的博物館，也沒有這裡來得美麗。

哈哈哈哈哈……。世人做夢也想不到，四十面相的美術館竟然設在山中。明智偵探和警政署的那些傢伙，沒有人知道我的奇面城在哪裡。

我雖然曾經多次敗在明智的手下，可惜他並不知道我真正的藏身之地。其他的藏身處所被他發現都沒有關係，惟有這個美術館所在地的奇面城，絕對不能讓他知道。」

四十面相得意的說著。假扮成警察的手下也拍馬屁的說道：

「是啊！在群山圍繞中，竟然有如此可怕的人臉巨石。岩石下方藏

有這麼豪華的美術館，有誰能想像得到呢？

首領，您真會挑選地方。

還有那些可怕的守衛，就算有人要接近奇面城，但只要看到我們的守衛，就一定會嚇得臉色蒼白而逃之夭夭。不過對我們而言，牠們卻好像貓一樣的乖巧。哈哈哈哈……」

聽到這段談話後，口袋小鬼越來越害怕。

「在茂密的森林中，竟然有人臉巨石……，我現在就在裡面。可怕的守衛到底是指什麼？為什麼說對他們而言就像貓一樣的溫馴呢？到底是什麼可怕的守衛呢？也許不是人類吧！」

房間裡的兩個人繼續交談了一會兒。接下來好像準備起身回到各自的房間。口袋小鬼發現之後嚇了一跳，趕緊離開門前，跑回原先的儲藏室去。

進入儲藏室後，口袋小鬼搬了一根長長的木條擺在門前，如果有人開門，就會聽到木板倒下的聲音，這樣就能提醒自己注意。

口袋小鬼將三張破椅子並排在一起，躺在上面睡覺。膽大無比的口袋小鬼很快的就睡著了。

巨人的臉

不知道睡了多久，口袋小鬼突然睜開眼睛，發現房間裡還是一片漆黑。不可能啊！睡了這麼久，天應該已經亮了，怎麼還是一片漆黑呢？他訝異的看看周圍。

「對了！這個房間沒有窗戶嘛！」

口袋小鬼終於發現到這一點。

往門的方向看去，昨天擺在門前的木條還在那裡，表示沒有人進來過。

小鬼覺得肚子很餓。心想，這裡應該有廚房吧！他趕緊溜出房間找些吃的。

走廊上和昨天一樣的昏暗，完全沒有陽光照射進來。奇面城應該是岩石中的洞窟吧！

穿過昨天發現的美術館往前進，聞到不知道哪裡傳來的香味。

「啊！是烤肉的味道。這裡一定有廚房。」

口袋小鬼的鼻子不停的聞著，朝香味的方向走去。發現有一扇門是開著的，裡面冒出白白的熱氣。

啊！就是這裡。他偷偷的往裡面看，真的是廚房。戴著白色廚師帽的男子站在那裡煎牛排。

聽到唧唧唧的煎肉聲，聞到香味了。肚子飢餓的口袋小鬼，已經垂涎欲滴了。

小鬼躲在門後，耐心的等著廚師離開。

大約過了二十分鐘，牛排終於煎好了，廚師匆忙的朝門口走來，好像要去上廁所。

口袋小鬼嚇了一跳，躲在門後。還好他的身材矮小，及時將身體貼在門後躲藏，因此，沒有人發現門後就躲著一個人。

等廚師離開之後，小鬼立刻溜入廚房，一把抓起一塊剛剛煎好的牛排，順手拿起馬鈴薯和麵包，用擺在一旁的餐巾布包起來，好像扒手一樣迅速的溜走。

沿著走廊跑向儲藏室時，發現對面有人影。不是先前的那位廚師，而是一位穿著深紫色毛衣的高大男子。可能是四十面相的手下。

口袋小鬼趕緊退回廚房，再度躲在門後。

高大的男子並不知道門後躲著一個人，進入廚房裡大聲叫著廚師。不久之後廚師回來了，男子對廚師說：

「喂！趕快把早餐準備好！已經九點了。首領散步的時間已經太遲

了，難道你不知道首領早餐後就要到山裡去散步嗎？」

「別再嘮叨了！已經做好了。我這就端去。你先向首領報告吧！」

「好吧！動作快一點。」

高大的男子說完之後迅速離去。不久，廚師把美味的食品擺在大托盤上，端著托盤離開了。

小鬼一直躲在門後，看到廚師返回廚房之後，才放心的溜進原先的儲藏室。

他將餐巾布攤在木箱子上，大口嚼著還冒著熱氣的牛排，並且大口的吃著麵包。哇！實在是太好吃了。口袋小鬼自認為不曾吃過這麼好吃的東西。

吃完之後，他再度來到走廊上，偷偷的從每道門的鑰匙孔窺伺裡面的情況。昨天的美術室裡空無一人。五、六名四十面相的手下，在另一個房間裡吃東西。

著。

此外，還有幾間室內一片漆黑、什麼都看不見的房間。

有一個房間好像發電廠一樣，大鍋爐中燒著煤炭，發電機正在轉動著。

「啊！對了。山裡面沒有電線。因此，這裡所使用的電，全都要靠自行發電。先前煎牛排就是使用電器。真是太厲害了！四十面相竟然會自行發電。」

口袋小鬼看到這麼大的機械，感到非常驚訝。

仔細察看四周的環境，終於發現四十面相的房間。

從鑰匙孔往裡面看去，發現房間擺設非常富麗堂皇。無論是桌椅、牆壁、窗簾等，全都閃耀著金色的光芒。不知道是不是用真的黃金打造而成的，總之，就好像置身於金色的佛壇中。

四十面相穿著一件黑絲絨的衣服，肩膀和胸部都有燙金花紋，就好像是某個國家的將軍一樣。

四十面相剛剛吃完牛排，桌上擺著幾個杯子，旁邊有幾瓶洋酒。

四十面相的身旁站著一位美麗的女子。她穿著白色輕柔的服裝，脖子上戴著珍珠項鍊。

「哦！你要出去了嗎？」

女人溫柔的問道。

「嗯！我要去散散步。早晨到森林中走一走很舒服。今天妳也一起去吧！」

四十面相說完之後，站了起來。

口袋小鬼聽到這裡，趕緊離開門前，迅速將身體貼在牆壁最黑暗的角落。靜靜的看著門的方向。

門打開了，四十面相和美麗的女子來到走廊上，門再度關上。兩人朝著對面走去。

幸好沒有被發現。

小鬼貼著牆壁跟在兩人的身後。兩人朝著與廚房相反的方向走去。

「真是奇怪？往這邊走，大岩石會擋住去路啊！」

口袋小鬼覺得很不可思議。

兩人來到大岩石前，四十面相伸出手，朝右邊牆上的陷凹處按了一下。大岩石砰的發出巨響，開始朝對面移動。

從這端看過去，發現大岩石的頂端有兩條堅固的鎖鏈，可能是用電啟動的。隨著鎖鏈逐漸拉長，大岩石朝對面倒了下去。

和古代城堡的吊橋一模一樣的構造。大岩石倒下之後，橫陳在深谷上。

四十面相和女子走過岩石橋，對面是一條岩石隧道。隧道的入口閃耀著光芒，哦！隧道外應該有陽光。

兩個人走出隧道之後，口袋小鬼發呆了一會兒，然後跟著走過岩石橋，迅速跑到隧道入口處，偷偷的觀察外面的情況。

前面的兩人已經走到比較遠的地方，並沒有發現有人跟蹤在後。隧道外是岩石和泥土構成的廣場，周圍是一片茂密的森林。

口袋小鬼來到廣場正中央的大岩石後面躲藏。萬一被人發現可就糟了。他抬頭看著隧道上方。

突然間，口袋小鬼嚇得臉色蒼白，眼睛瞪得大大的，一直看著某個地方。到底是什麼東西把他嚇成這個樣子？

啊！隧道上聳立一扇五十公尺正方形的巨大岩石山。那不是普通的岩石山，而是和人的臉一模一樣的岩石山。

這個岩石山比日本奈良大佛的身體大上好幾倍，擁有一張難以想像的大臉。

那不是人工雕刻而成的，而是自然形成的岩石山。

啊！真是可怕的臉……。好像發出奸笑的惡魔的臉。十公尺大的巨眼瞪著這一邊。三十公尺的大嘴裡露出尖牙，好像準備一口吞下幾百個人似的。

可怕的守衛

巨人臉的前方是廣場，一部直昇機停放在角落。口袋小鬼跑到直昇機旁，爬上駕駛座了解裡面的情況。

座椅後方放著一個四方形的籃子。裡面有一些高麗菜的菜葉。喔！這個籃子可能是到某個城鎮採購食品時使用的。

口袋小鬼發現大籃子之後微笑了起來。他想到一個好主意了。

「我來的時候躲在皮箱裡。回去的時候不是可以躲在籃子裡嗎？哈哈……，我實在太聰明了。」

他自言自語的說著，跳下了直昇機。突然間，聽到不知道從哪裡傳來的奇怪叫聲。

「嘎─嘎─」

真是奇怪的聲音。是不是鳥啊？深山中不知道躲著什麼可怕的鳥類。

口袋小鬼嚇了一跳，朝聲音的方向看去。廣場上沒有任何東西。好像是從對面的森林傳來的。

他戰戰兢兢的朝森林接近。看到長得非常茂密的百年老樹，樹幹上爬滿了藤蔓，就好像在電影中看到的叢林景觀一樣。小鬼甚至感覺不知道會從哪裡傳來泰山（非洲叢林之王、壯碩的青年。因小說和電影而著名）「啃──」的叫聲。

「嘎─嘎─」

他聽到不同的叫聲。

口袋小鬼嚇了一跳，邊逃邊朝樹林中張望。發現在五、六公尺前方有一個黃色的東西正在移動。

那不是鳥，而是像貓的動物。牠好像被藤蔓纏住後腳，倒掛在樹上。

樹林中的動物努力的想要掙脫纏住腳的藤蔓，但是始終無法逃脫。就好像鞦韆一樣的倒掛在那裡，發出奇怪的求救聲。

口袋小鬼心想：「如果是貓就沒有關係」。他慢慢的朝動物接近。終於看到被藤蔓緊緊的纏住腳、發出「嗄嗄」痛苦叫聲的動物了。

「真是可憐！好，我現在就救你下來。你等我！」

小鬼說著，伸直雙手，使勁的抱起掛在半空中的貓。為牠解開纏在後腳的藤蔓。獲救的貓感激的將頭部鑽入口袋小鬼的懷中，好像在向恩人道謝似的。

口袋小鬼摸摸牠的頭，仔細一看，覺得樣子有點奇怪。懷中的動物和貓有點不同，雖然看起來有點像三色貓，但是，身上夾雜著黃色和黑色的條紋，有點像老虎。難道這是一隻小老虎？

口袋小鬼想到這裡，嚇了一跳。感覺看著自己的藍色眼眸越來越可怕了。

就在這時，聽到「吼……」的恐怖叫聲。

那不是懷中的貓發出的聲音，聲音是從對面傳來的。驚訝的往聲音傳來的方向看去，發現樹幹間有一隻黃色的動物。小鬼看到一隻全身布滿黃色和黑色條紋的動物。

「啊！是老虎！」

想到這裡，口袋小鬼嚇得全身發軟。

可怕的老虎面目猙獰的慢慢朝這裡接近。是好大的一隻老虎。可能是剛才自己解救的那隻小老虎的母親。

啊！我知道了。四十面相手下所說的「可怕的守衛」，應該就是指這個傢伙。

原來四十面相飼養這隻大老虎來看守奇面城。

口袋小鬼心想自己可能會被老虎吃掉，看來只有死路一條了。雖然想要逃走，但是，雙腿卻不聽使喚。老虎的大眼睛瞪著自己，小鬼好像

觸電似的無法動彈。

老虎已經來到眼前，口中呼出的氣息噴到小鬼的臉上。口袋小鬼懷中的小老虎，突然從小鬼的手臂中鑽了出去，跳到大老虎的身旁撒嬌。

大老虎舔了舔小老虎，疼愛孩子般的瞇起了眼睛。像這樣的大老虎，應該不是父親而是母親。

大老虎看著口袋小鬼而發出吼叫聲。看來牠並不想加害口袋小鬼，似乎是在說「謝謝你救了我的孩子」。

身材矮小的口袋小鬼膽子真的很大。看到這種情況，他放心的伸出手去撫摸大老虎的頭。

原本還以為自己會被老虎吃掉呢！沒想到大老虎瞇起眼睛，溫馴的接受恩人的撫摸。

「雖然你的長相很可怕，但是心地善良。很好，很好。也許有一天我需要你幫忙呢！」

口袋小鬼好像在對人說話似的，摸著老虎的頭和脖子。但他還是擔心四十面相散步回來之後會發現自己，因此，趕緊朝奇面城洞窟的方向退去。

老虎親子好像送行似的跟著他過來。

來到洞窟前方時，聽到另外一種可怕的「吼……！」叫聲。

並不是跟在身後的兩隻老虎發出的聲音。洞窟入口有一些小洞穴，聲音是從洞穴傳出來的。

難道還有其他老虎？口袋小鬼嚇得停下腳步。有一個洞穴中鑽出一隻大老虎，牠可能是那隻小老虎的父親。

「吼……！」

巨大的傢伙從洞穴中完全現身之後，又大吼了一聲。

跟在口袋小鬼身後，好像母親般的老虎走了過去，兩隻老虎彷彿交

談似的互相摩擦臉部。

可能是在說「他救了我們的孩子」。

兩隻大老虎目光溫柔的看著口袋小鬼，似乎在對恩人說：

「謝謝！」

看到可怕的猛獸溫柔的對待自己，口袋小鬼覺得很高興。雖然想和三隻老虎一起玩，但是，萬一被四十面相或是他的手下發現，那可就糟了。他趕緊向三隻老虎揮手道別，立刻進入洞窟中。

口袋小鬼的冒險

口袋小鬼返回奇面城的洞窟中，不久之後，四十面相和美麗的女子也回來了。

接下來的兩天，口袋小鬼一直躲在洞窟中。晚上在儲藏室睡覺，白天趁著其他人沒有注意時，陸續調查四十面相的巢穴。

還好洞窟中的走廊很昏暗，即使遇到四十面相的手下，只要縮起身子，就不會被對方發現。飢餓的時候，就到廚房偷食物來吃。

經過調查，發現洞窟中包括四十面相和廚師在內，總共只有住著十一個人。

四十面相有很多手下，不過在這裡的卻只有十一個人。

雖然只有十一個人，但還是需要定期由外面運入食物，以及發電用的煤炭和其他日用品。

將物資送入深山中，除了背在背上沿著山路步行前來，只能利用直昇機。口袋小鬼發現直昇機經常離開該處，可能就是為了運送物資。

口袋小鬼耐心的等待離開的時機。為了回到東京，只能等待搭乘直昇機的機會。

到了第三天晚上，機會終於來了。

四十面相派遣兩名手下駕駛直昇機外出，他們要前往某個城鎮準備食物。口袋小鬼竊聽到這個消息。

兩名手下準備啟程時，口袋小鬼悄悄的跟在他們的身後走出洞窟。時間是晚上，外面一片漆黑。兩名手下用手電筒照著腳邊，朝直昇機走去。白天時已經備妥直昇機，因此隨時都可以起飛。

口袋小鬼打算趁兩人還沒有坐上直昇機時，先溜到駕駛座的椅子後方，躲入用帆布蓋著的籃子裡。

即使是黑夜，如果超越兩人跑到前方去，立刻就會被發現，因此一定要略施小計才行。

聰明的口袋小鬼早已打定主意。他離開兩名手下的身邊，快速的跑到旁邊的森林中大叫道：

「哇！救命哪！……」

兩人感到非常驚訝。應該是空無一人的森林中，竟然傳來求救聲。

兩名手下趕緊跑進森林中找尋。

當兩人進入森林中時，口袋小鬼已經穿過森林，直接奔向直昇機。

兩名手下當然找不到呼救的人。當他們疲累的離開森林時，口袋小鬼早就已經躲入駕駛座後方的籃子裡了。

籃子上方有帆布蓋著，只要從內部紮緊袋口，看起來就好像是一個大包袱，不必擔心被發現。

「剛才明明聽到求救的聲音啊！」

「嗯！我也聽到啦！可能是鳥吧！聽說山上有一些怪鳥會模仿人類的聲音。我們可能聽錯了，這個地方怎麼可能會有人來呢？」

兩名手下嘟喃的說著，坐上駕駛座。

螺旋槳終於開始轉動了。

普嚕嚕嚕、普嚕嚕嚕……。

直昇機往上空飄浮而去，接著漸漸的加快速度，不知道朝哪個方向

飛行而去。

過了一小時之後速度減慢，直昇機開始下降，最後在某處著陸。

口袋小鬼一直躲在帆布袋裡，不知道自己會被帶往哪裡。

「喂！車子已經在那裡等著了。把籃子拿下來吧！」

隨即覆蓋帆布的籃子被拉到駕駛座旁。從直昇機上跳下地面的兩人合力拉下籃子。

籃子咚的一聲直接撞到地面。

躲藏在裡面的口袋小鬼，他的頭、肩膀與腰部用力撞擊到籃子。他咬緊牙根，忍耐著疼痛不敢出聲。

口袋小鬼的身體很輕，兩名手下根本沒有發現裡面竟然躲著人。雖然籃子比平時稍重一些，但是兩人並沒有懷疑。

將籃子拉到地面上時，兩人朝對面的汽車走去。

口袋小鬼趁著這個機會，趕緊打開帆布袋往外面瞧。

發現四周一片漆黑，並沒有住家。可能是在距離城鎮較遠的原野中。

在距離二十公尺處，有一部熄滅車頭燈的汽車的黑影。兩名手下站在那裡說話。

「就是現在！」

口袋小鬼想著，突然拉開帆布袋口跳到外面，再度綁緊袋口，以爬行的方式快速離開直昇機旁。

兩名手下沒有發現任何異常。開車的男子幫忙將車上載送的成箱、成包的物品丟入籃子裡。包括肉、罐頭與各種蔬菜食品等。

口袋小鬼趴在原野的草叢中，遠遠的觀察著這一切。

不久之後，蓋上帆布的籃子再度被抬上直昇機。兩名男子向汽車的駕駛道別，再度坐上駕駛座。

普嚕嚕嚕、普嚕嚕嚕……。直昇機飛上天空。停在一旁的汽車車頭燈亮起，朝對面的馬路開去。

沒有人發現口袋小鬼。小鬼終於獲救了。

但是，真正的任務還在後頭。口袋小鬼必須返回東京向明智偵探和小林少年報告事情的經過，通知警察隊和直昇機一起攻擊奇面城，抓住怪人四十面相。

連著兩天在洞窟內觀察情況，偷聽壞人的談話，口袋小鬼已經大致了解奇面城的位置。

終於要展開攻擊行動了。名偵探明智小五郎會使用什麼計策呢？而四十面相又到底會以什麼方式反擊呢？千變萬化的智慧和力量的挑戰即將展開。

口袋小鬼想到此處，就覺得非常興奮。有關怪人四十面相真正的巢穴、可怕的奇面城，全世界只有我一個人知道。小鬼覺得很得意。

等到直昇機和汽車都不見蹤影之後，口袋小鬼才安心的從草叢中爬了出來。越過原野，走到好像國道的道路上。在黑暗中朝著剛才汽車離去的方向前進。

秘密會議

流浪少年隊的口袋小鬼，在黑暗的道路上走了一個小時，終於來到較大的城市——埼玉縣的T城。

他在T城車站的長椅上度過了一夜，第二天一大早搭乘火車返回東京。幸好他身上帶有三百圓日幣（相當於現在的三千圓），可以搭乘火車早點趕回東京。

回到了東京，小鬼立刻趕往明智偵探事務所。見到明智老師和小林團長時，他詳細報告事情的經過。

「哇！太棒了！口袋小鬼，你這下子可立了大功喔！」

小林不禁歡呼。

明智偵探摸摸口袋小鬼的頭說道：

「這真是一件連大人都無法建立的功勞。原來四十面相真正的巢穴在奇面城。長久以來都沒有人知道這個秘密。你憑著自己的機智發現賊人的巢穴，相信警政署長一定會大大的褒獎你。

好，我們立刻就到警政署去，向署長詳細報告這件事情。並商量進攻奇面城的方法。」

明智偵探說著，拿起桌上的電話，打給警政署的中村警官。中村警官向上級報告之後，立刻回說署長和搜查科長都在等他。明智偵探直接叫了車子，帶著口袋小鬼前往警政署。

二十分鐘後，山本警政署長坐在署長室的大辦公桌前，面前坐著明智小五郎、堀口搜查一科科長與中村警官。口袋小鬼表情嚴肅的坐在明智偵探旁邊的大椅子上。

警政署長對於四十面相假扮成自己，愚弄整個警政署人員的事情感到非常生氣。他正因為這個事件而在署長室裡召開秘密會議。

「你就是口袋小鬼啊！你做得很好。等事情完成後我一定會好好褒獎你。你知道奇面城在什麼地方嗎？」

署長詢問口袋小鬼。

「是的。當我躲在奇面城的時候，竊聽到四十面相和手下的談話。我知道那是一個叫做甲武信岳的山。在山脈北側茂密的森林中，有一個可怕的人臉岩石。」

聽到他這麼說時，明智偵探加以說明。

「甲武信岳是埼玉縣和長野縣邊境的山脈。距離最近的城鎮是埼玉縣的T城。四十面相的直昇機大約每二、三天往來奇面城與T城一次，以批購食品等。口袋小鬼就是躲藏在直昇機裡逃出來的。」

堀口搜查科長若無其事的說道：

「那麼，就派遣一小隊武裝警察包圍奇面城。如果奇面城中只有四

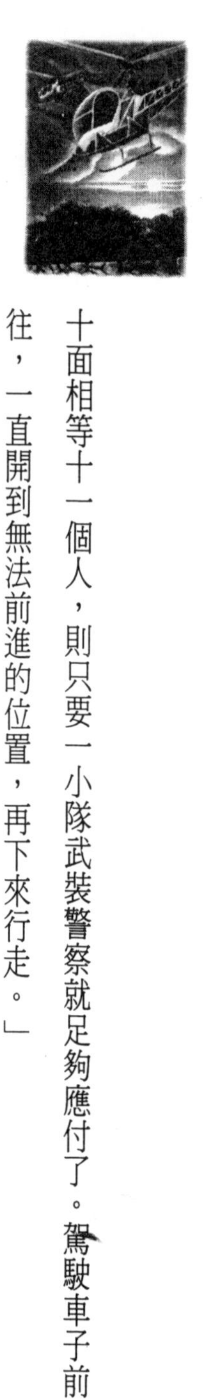

十面相等十一個人，則只要一小隊武裝警察就足夠應付了。駕駛車子前往，一直開到無法前進的位置，再下來行走。」

聽他說完之後，明智偵探搖頭說道：

「不，這樣很危險。奇面城周圍一定有人看守。警察隊利用爬山的方式進入，立刻就會被發現，對方一定會做好萬全的準備。那些傢伙一定擁有手槍和長槍等，也可能有其他更強大的武器。如果與他們正面交鋒，我們一定會有人受傷。最好能夠避免發生正面衝突。」

明智偵探提出反對的意見。

「喔！明智先生，那麼你有什麼好計策嗎？」

山本署長詢問。

明智偵探把椅子往前挪，手肘靠在大桌子上，以低沈的聲音說道：

「其實我的計策是這樣的。四十面相的直昇機經常往返於T城與巢穴，我們可以好好的加以利用……」

明智偵探說話的聲音越來越低沉，署長、搜查科長和中村警官等人都把臉靠過來，四個人交頭接耳的聽明智的建議。

「嗯！真有趣。這的確像是明智的做法。雖然很困難，但是，我相信你一定能夠辦到。可以試試看！」

署長聽完明智的計策之後，笑著表示贊成。

「哦！對了，中村先生，我想借用你的屬下三浦刑警。他是警政署裡最棒的變裝名人。」

明智拜託中村警官，中村爽快的答應了。

「好啊！三浦的確很擅長變裝。雖然不像四十面相那麼厲害，但是也不錯。如果三浦能夠幫忙，就盡量讓他發揮所長吧！」

眾人繼續商量了三十分鐘，署長室的秘密會議終於結束了。山本署長從椅子上站了起來，說道：

「明智先生，我等你的好消息。拜託你了！」

說著，緊握明智偵探的手。

兩位替身

時間是口袋小鬼逃離奇面城的第二天晚上，已經是十點以後。

埼玉縣T城郊外的寂靜原野上，有一部和平常一模一樣的汽車，關上車頭燈，停在黑暗中等候。

車上的兩名男子不時的抬頭看著天空，好像在等待什麼似的。

不久之後，空中傳來普嚕嚕嚕……的聲音，聲音越來越大。原來是直昇機。

直昇機終於刮起一陣大風，接著慢慢的著陸。兩名男子從駕駛座上跳下直昇機，朝這裡走了過來。在星光下可以微微的看見他們的身影。

兩名男子合力扛著帆布蓋住的大籃子。

「咻、咻、咻……」

汽車上的一個人，正以口哨吹著歌。

「咻、咻、咻……」

從對面走過來的男子中的一人，也吹著同樣的口哨。這似乎是一種暗號。

從直昇機下來的兩名男子，將籃子擺在汽車旁。這時車門打開了，從裡面陸續搬出裝在箱子與紙袋裡的各種食品。站在車外的兩個人接過東西，一一放入籃子裡。

不到五分鐘的時間，籃子已經全部裝滿了。

「哦！下一次是十四號晚上。時間和平常一樣。這是購物單。各位再見嘍！」

說著，將事先寫好的購物單交給對方。兩名男子抬起沈重的籃子，朝直昇機走去。

等到抬著籃子的兩個人走遠之後，汽車駕駛啟動馬達，馬上驅車離開原野。但是，後來卻發生奇怪的事情。

當汽車離去之後，不知道從什麼地方冒出一部與剛才一模一樣的大型汽車。

「咻、咻、咻……」

從汽車的車窗裡傳來尖銳的口哨聲。哦！是與剛才的暗號一模一樣的歌曲。

將籃子抬往直昇機的兩名男子回頭看著這邊。兩人剛才一直看著前方，因此並沒有發現汽車已經更換了。

「喂，他在叫我們耶！是不是忘了什麼事情了？真麻煩！過去看看吧！」

「嗯！好吧。咻、咻、咻……」

這邊也吹起同樣的口哨，慢慢的接近汽車。

兩人來到汽車旁，車門打開後，車上走下兩個人，和搭乘直昇機前來的兩個人面對面。

「啊！」

搭乘直昇機前來的兩人，驚訝的叫著，舉起雙手。原來從汽車上下來的兩個人，手上握著手槍。

汽車駕駛旁邊有一位小孩，從窗內看著這一切。他就是口袋小鬼。

「我來拿手槍。快換上這些傢伙的衣服。然後把他們綁起來。」

從汽車上下來的一名男子這麼說著，並從另外一人那裡接過手槍，手上拿著兩把手槍。

看到這種情況，原本待在車上的口袋小鬼跳了出來。在口袋小鬼的幫忙下，兩位大人趕緊脫下從直昇機過來的兩人的衣服，並且綁起他們的手腳，嘴巴塞上東西。

「好！把兩個人放入汽車裡。」

手持槍枝的男子把手槍擺在地上，幫忙把人質移入車內。

接著就是變裝。他取出變裝用的化粧箱，利用手電筒的亮光看著被俘的男子的臉孔，迅速的把自己的臉變成相同的模樣。

搭乘汽車前來的兩名男子似乎都很會變裝。不久之後，變成兩張和直昇機上的男子一模一樣的臉。

變裝完成之後，一人脫下西裝扔入車上，對駕駛座上的人說道：

「好，可以出發了！把這兩名男子帶往警局。至於該如何處置，就請署長決定吧！」

聽到這番話的男駕駛點了點頭，把車子開走。

根據之前的談話，這部汽車應該是T城警察局的車子，駕駛當然是警察局的警察。

完成變裝的兩個人和口袋小鬼一起坐上直昇機。其中一人坐上駕駛座。他似乎很擅長駕駛直昇機，以純熟的技巧操縱機械。

穿入敵陣

假扮成四十面相手下的人，駕駛直昇機飛行了一個小時，在口袋小鬼的指引下，將直昇機停在奇面城前方的廣場上。

四十面相的直昇機駕駛，是一位名叫傑克的男子，助手名叫五郎。口袋小鬼記得他們的名字。

假扮成傑克和五郎的兩個人，從直昇機上使勁地拿下裝滿食物的籃子，打算搬入奇面城中。

這時，突然聽到「吼……」的可怕叫聲。

「啊！糟糕，是老虎。老虎來了……」

口袋小鬼尖叫著。

「咦！老虎？」

傑克和五郎異口同聲的大叫。兩人事前已經聽說有老虎守在這裡，誤認為假扮成四十面相的手下應該沒有問題。

但是，老虎並不會被服裝或化妝術所矇騙，牠們是利用氣味來分辨人。老虎的鼻子比人類更敏銳，因此，知道每個人的氣味。

從直昇機下來的兩個人的氣味怪異，是老虎不曾聞過的。

老虎對這兩個傢伙起疑了。

在星空下，看到兩隻大老虎逐漸接近，已經來到十公尺的距離。

假的傑克和五郎立刻掏出手槍，如果對著老虎發射，也許就可以殺死牠們。

不過，如此一來，槍聲就會驚動了其他的人。而且如果老虎死在這裡，其他的人立刻就會發現老虎的屍體。好不容易來到此處，如果打草驚蛇，則先前的苦心都會化為泡影。看來現在只能逃走了。也許應該趕緊爬到樹上，才能逃過一劫。

兩人立刻朝相反的方向狂奔。

「啊！不要跑！」

口袋小鬼慌亂的叫著。但已經來不及了，老虎撲了過來。

遭遇猛獸時，一定要在原地靜止不動。在緊急時刻，兩個大人似乎都忘了這一點。

待在原地，老虎只會瞪著你，但如果迅速跑開，則老虎反而會飛撲過來。想要與老虎搏鬥，根本沒有勝算。再這樣下去，兩個人都會成為老虎的糧食。

這時口袋小鬼突然想到：

「這兩隻老虎可能還記得我。我曾經救過牠們的孩子。當時牠們很感激，相信牠們一定還記得我。我來試試看吧！」

口袋小鬼下定決心。他攤開雙手，擋在假傑克和五郎的面前，阻止撲向前來的老虎的去路。

啊！真是危險。也許口袋小鬼會被老虎咬死。

突然之間，兩隻老虎可怕的臉，靠近口袋小鬼的面前。

「哇！沒救了！」

口袋小鬼閉上了眼睛。

口袋小鬼是不是立刻就會成為老虎的食物呢？還是會被老虎抓傷呢？結果竟然沒有發生任何危險。

老虎呼出的氣息不斷的噴在口袋小鬼的臉上。溫暖的毛皮不停的摩擦小鬼的身體。

口袋小鬼戰戰兢兢的睜開眼睛。

接著，發現有一隻老虎站在對面看著這一邊。而另一隻老虎則用身體摩擦口袋小鬼。

牠們似乎沒有忘記眼前的這位恩人。過來摩擦小鬼身體的應該是母老虎，而站在對面看著這裡的應該是公老虎。

傑克和五郎看到這一幕嚇了一大跳。

「小鬼，你竟然能夠制服老虎?真是令人驚訝！」

傑克很佩服的說著。

「別奇怪，老虎是來報恩的。」

口袋小鬼說出當時救助小老虎的經過。

「哦！原來是這樣。老虎真是厲害，不過你也很厲害嘛！所有的動物都有一顆善良的心。」

傑克摸摸口袋小鬼的頭，稱讚他。

「傑克先生！那就是奇面城。」

口袋小鬼被稱讚之後，害羞的用手指著星空下的黑色岩山。

「原來如此！形狀的確很可怕。

……那麼我們進入奇面城吧！雖然被老虎識破，但是，人類的嗅覺沒有老虎那麼靈敏，應該無法看出破綻！」

三人抬起裝滿食品的籃子，大膽的走入巨人臉下的洞窟。

放下岩石橋的按鈕就在入口處。口袋小鬼知道按鈕在哪裡。

按下按鈕後，大岩石橋逐漸倒下，三個人立刻趕往四十面相的巢穴。

黑色小鬼

三個人一起進入奇面城的洞窟後，傑克和五郎朝四十面相的房間走去。

「我們回來了！」

禮貌的打聲招呼。四十面相並沒有發現兩人是假冒的。

傑克和五郎偽裝成四十面相的手下，因此可以自由的行動。但是口袋小鬼萬一被人發現，那可就糟了。奇面城裡並沒有這麼小的孩子。

口袋小鬼穿上在東京時事先準備好的黑色緊身衣，頭部罩上黑色蒙面布，雙手戴上黑手套，腳上穿著黑色襪子。他變成全身漆黑，試圖瞞騙敵人。

正因為身材矮小，所以才有「口袋小鬼」的綽號。現在小鬼一身漆黑，就好像一個黑色小鬼。

黑色小鬼和之前同樣的，晚上到放置雜物的儲藏室睡覺。不過不必像先前一樣偷食物吃了，因為假傑克和五郎會送食物過來。

小鬼從頭頂到腳底完全穿戴著黑色衣物，即使在洞窟的走廊遇到四十面相的手下，也不會被發現。昏暗的環境對於動作靈活的黑色小鬼而言，非常容易躲藏。

兩週的時間很快就過去了。這段時間，四十面相似乎一直待在奇面城裡，沒有外出。

在這段期間內，假傑克和五郎搭乘直昇機外出五次，除了運送食品與其他的物資之外，他們還有其他目的。

每次直昇機飛到外面的城鎮，就悄悄的載運同志進入敵人的陣地。每次載一個人進來，總共載了五個人進入奇面城。

不包含黑色小鬼在內，奇面城裡還是十一個人。這些人看起來全都是四十面相的手下。新加入的五位男子各自假扮成一位手下，繼續不動聲色的工作，因此沒有人起疑。新來的五個人和傑克、五郎一樣，都是變裝的名人。

有一件事情真的很奇怪。直昇機每次飛往城鎮時，都只搭載傑克和五郎兩個人，並沒有其他四十面相的手下同行。而每次回來時都帶回一個人，那麼奇面城裡的人應該會增加為十六個人才對呀！但是，奇面城裡始終只有十一個人，這到底是怎麼一回事呢？

原來真實的五名手下已經被五位新加入的假手下取代，不知道被藏到哪裡去了。這當然是假傑克和五郎幹的好事。五名手下到底藏到哪裡去了呢？

兩週後的某一天，黑色小鬼遭遇麻煩了。

黑色小鬼好像會使用隱身術似的，以一身漆黑的裝扮，每天持續在洞窟內調查，陸續發現許多秘密通道和機關，並立刻向假傑克報告。

像老鼠一樣在洞窟中到處行走的黑色小鬼，一直都沒有被其他人發現，因此開始掉以輕心。有一天，終於被四十面相的手下發現了。

最初口袋小鬼出現在走廊上時，都會先小心謹慎的四面觀察，然後才展開行動，後來他越來越得意，有點得意忘形，因此，經常沒有瞻前顧後，粗心大意的到處亂闖。

終於不慎被四十面相的手下，也就是大個子的初公發現了。初公悄悄的走到口袋小鬼的身後。初公非常的高大，因此被稱為「大個子」。

大個子初公，看到眼前這位全身漆黑，走路搖搖晃晃的孩子，感到又驚又怕。

眼前這個黑小子可能是個妖怪。如果自己回頭一看，也許對方是個

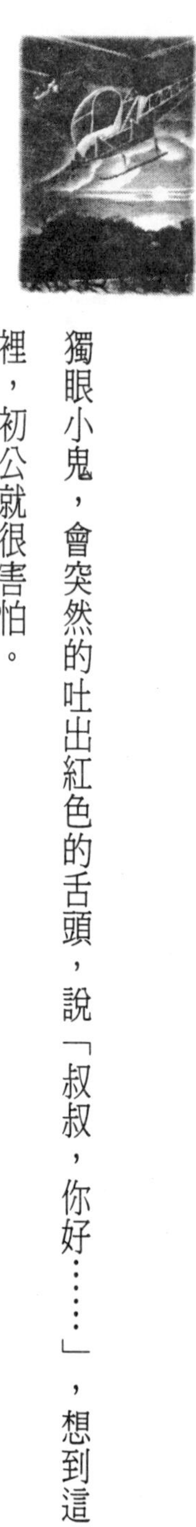

獨眼小鬼，會突然的吐出紅色的舌頭，說「叔叔，你好……」，想到這裡，初公就很害怕。

不，身為怪人四十面相的手下，不能就這樣逃走。因此，初公悄悄的跟在黑色小鬼的身後，伺機行動。

「喂！小鬼，等一等！」

初公大叫了一聲，突然撲向口袋小鬼。

「糟糕了」，口袋小鬼發現行蹤敗露時，立刻像小松鼠一樣靈活的溜走。

大個子初公撲了個空，那笨重的身體搖搖晃晃的，差一點就倒在地上。好不容易才站穩身體，立刻追趕一溜煙就跑開的口袋小鬼。初公的腿很長，只要跑個兩、三步，就可以追上黑色小鬼。

然而每當快要抓到小鬼時，小鬼又一溜煙的從他的腳下鑽了過去。

後來，口袋小鬼竟然跑入岩石走廊上一扇打開的門中。

大個子初公立刻跳進那個房間，但是，卻不見小鬼的蹤影。
那是四十面相換衣服的房間。壁櫥裡有許多衣服。
初公仔細的搜索壁櫥內，並沒有發現小鬼。
初公交疊雙臂，站在房間正中央想了一會兒。
口袋小鬼到底躲到哪裡去了呢？他的確是躲在一個適合他的綽號的地方。
嘿！原來壁櫥裡有許多大衣，小鬼正躲在其中一件最大的外套的口袋中。
即使口袋小鬼再小，也不可能將整個身體鑽入口袋中，只能抓著外套，將腳塞入大口袋裡，而身體露在外面。
因為黑色的外套遮住黑色的身體，因此，在微光中看不清楚。
初公只找尋衣櫥的底部，當然沒有發現懸在半空中的口袋小鬼。
「真是奇怪。咦！難道剛才那個小傢伙真的是妖怪？」

大個子初公雙臂交疊喃喃自語的說著。

「不，不可能！一定是躲在什麼地方。哦！等等。這個衣櫥真的很奇怪。」

說著，再次在衣櫥裡翻找。這次他撥開每一件衣服，仔細的找尋。

口袋小鬼心想這下真的完了。

蠕動的芋蟲

口袋小鬼將雙腳伸入大外套的口袋中，屏氣凝神的抓緊外套。大個子初公從衣櫥的角落開始，翻開一件件衣服仔細的找尋，已經逐漸接近小鬼了。

哇！只剩下三件衣服了。還剩下兩件。啊！終於開始翻旁邊那件衣服了。接下來就是自己躲藏的這件外套。

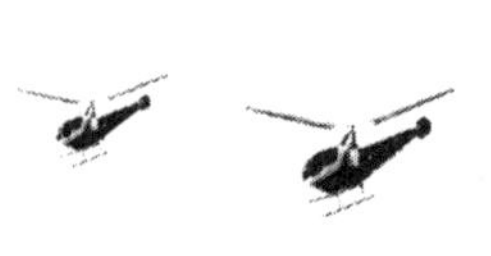

初公的長手從外套的衣領逐漸往下摸索，摸到口袋小鬼的頭了。

但還是沒有發現異常。

長手摸到口袋小鬼的臉，接著從脖子落到胸前。

「嗚」，聽到驚訝的叫聲。

終於發現了嗎？

口袋小鬼立刻抽出雙腳，咻——跳到衣櫥底部。

「啊！竟然躲在這個地方。」

初公攤開雙手抓他。

口袋小鬼從伸過來的雙手縫隙中快速的鑽走。大個子初公氣喘如牛追在身後。好像在玩躲貓貓的遊戲似的。

但是，口袋小鬼終於無路可逃了。初公比自己高四倍，眼看自己就快被抓到了。

一旦成為俘虜之後，可能就會被帶到四十面相的面前嚴刑拷問。

萬一被刑求，可能會因為承受不了痛苦而說出一切。這麼一來，明智先生的計策就要功虧一簣了。

想到此處，口袋小鬼真的好想哭。難道之前自己躲入皮箱裡、偷偷的溜入奇面城的辛苦全都要化為泡影了嗎？

「畜牲！終於被我抓到了吧！」

初公以奸邪的聲音說著，長手緊緊抓住小鬼的肩膀。啊！看來沒有機會逃走了。

接著，發生了意想不到的事情。原本緊緊抓住小鬼的長手突然鬆開了。口袋小鬼一臉茫然的看著初公。

初公的口鼻上摀著一塊白色的東西。有另外一隻手拿著一條好像白色手帕的東西，從初公身後伸過來緊緊摀著他的嘴。

拿手帕的手並不是初公的手，而是另外一個人的手。初公的雙手滑落，全身變得癱軟。在初公身後的男子，抱著初公慢慢的跪在地上，初

公的身體變成好像坐在地上一樣。

小鬼看到大個子初公身後男子的長相了，原來是傑克。

「啊！老師！」

口袋小鬼不禁叫了起來。但是，趕緊閉上嘴巴。因為一旦叫「老師」，就證明傑克是假扮的。

「真是危險哪！我發現你逃到這一方向時，立刻準備摻有麻藥的手帕，用它來迷昏這個傢伙。現在沒問題了。」

「對不起！我真是太疏忽了。」

口袋小鬼拼命的道歉，恭恭敬敬的鞠了兩次躬。

「沒關係！比起你建立的功勞而言，這根本不算什麼。口袋小鬼竟然真的能夠進入口袋中，我還是第一次看到這麼神奇的情況呢！哈哈哈哈……」

傑克說著笑了起來。但是立刻又嚴肅的說道：

「可是這個傢伙不能夠放在這裡。他醒過來之後，一定會向四十面相報告這件事情，到時可就糟了。還是把他帶到那兒去吧！」

他所說的那兒到底是哪裡呢？

難道是岩石橋下那個深不見底的谷底嗎？

從那裡扔下去可是會沒命的。明智偵探和警察們應該不會忍心這樣做的。

那麼，到底要扔到哪裡去呢？

口袋小鬼知道應該把人帶到哪裡去。因為那個地方是他發現的。

最初溜入奇面城時，小鬼在洞窟中閒逛時偶爾發現那個地方。

當時小鬼來到走廊的盡頭，鑽入一個天然形成的、好像岩石裂縫般的小洞穴中。他發現洞穴內非常寬廣，往前行走十公尺，有一個大約四張半榻榻米大的廣大洞窟。用手電筒照亮四周，發現裡面空無一人。由於入口非常狹窄，因此，四十面相的手下們並沒有發現這個洞窟。

口袋小鬼把這件事情告訴傑克和五郎，他們一致認為可以好好的利用這個洞窟。因此，他們利用半夜，偷偷的鑽開入口的岩石，使縫隙變大，同時製作一塊岩石蓋當成門，蓋住洞穴，這麼一來，從外面就無法發現裡頭別有洞天了。

傑克來到走廊上四處張望，確認外面沒有人，於是趕緊扛起昏迷的初公，快步趕往秘密洞窟。口袋小鬼緊緊的跟在他的身後。

幸好沒有被人發現，終於來到了洞窟的入口處。

傑克先側身鑽入岩石裂縫中，打開當成門的石蓋，再從裡面伸出雙手，由外將初公的身體拖到裡面。

洞窟裡非常寬廣，只要能夠通過入口，接下來就輕鬆了。初公被拖進廣大的洞窟中。口袋小鬼拿出手電筒照亮周圍。

啊！四周頓時變得一片明亮。洞窟中有五名男子，好像芋蟲一樣的在地面上蠕動。他們的口中都塞著東西，手腳被反綁。傑克綁起初公的手腳，並在口中塞上東西。初公的遭遇和之前的五個人一樣，五隻芋蟲變成六隻。

原來四十面相真正的五名手下，被帶往這個洞窟中囚禁，由直昇機帶來的五名警員，則假扮成四十面相的手下。

這個計策是明智偵探想出來的。警政署也全力相助，派遣五名擅長變裝的刑警進入奇面城。

巨人的眼睛

現在奇面城裡只剩下四十面相、美麗的女子和十名手下。而其中七名手下已經被掉包了。真正的手下只剩下三人。因此，無論發生什麼狀況，都不必擔心會吃敗仗。

發動總攻擊的時刻終於來臨了。

傑克和五郎再度駕駛直昇機前往城鎮，準備和T警察局的人員共商大計。

奇面城總攻擊行動預定明天早上進行。東京的警政署方面由中村警官為首，率領九名警察和T城的四十位警察隊隊員，總計五十名警力，由山麓的四面八方攀登奇面城。

既然傑克、五郎和其他假冒的手下已經混入敵陣，那麼，只要由他們合力抓住四十面相就可以了，為什麼還要如此大費周章呢？這是因為敵手就好像魔術師一樣，不知道還會施展什麼絕招。奇面城的洞窟中設有各種機關，為了預防萬一，因此派遣了五十名警力包圍奇面城，傑克等七人則負責內應。

總攻擊行動終於展開了。

一大早，還在洞窟富麗堂皇的寢室中睡覺的四十面相，突然被鈴——鈴——……的緊急鈴聲吵醒。四十面相嚇得從床上跳了起來。他立刻穿上金色鼓花緞裝飾的絲絨衣服，跑入旁邊的美術室，坐上黃金椅，並立刻按下警鈴叫喚手下。

門打開後，傑克走了進來。

「您叫我嗎？」

「嗯！緊急鈴聲響了。是安排在山麓的守衛通知的，一定是出什麼狀況了。或許有警察接近我們。既然接到山下的通知，我要到巨人之眼瞧一瞧，你也跟來吧！」

四十面相說著，趕緊走出房間，傑克跟在他的身後。假傑克根本不知道巨人之眼到底是什麼，也不知道在什麼地方。

穿著金色絲絨服的四十面相掏出鑰匙，打開洞窟裡面的小門鑽了進去。

傑克等人之前並沒有進入這個房間，因為房門一直都是鎖上的。

裡面非常狹窄，大約只有一坪大小。一邊的岩壁上有一個直立的小

鐵梯。

四十面相爬上鐵梯，傑克跟在身後。大約爬了四公尺後，到達一個岩石平台，上面也有鐵梯。

梯子逐漸變窄，最後變成只能容納一人通行的岩石縫隙，鐵梯一直往上延伸。

傑克感覺大約爬了四、五十公尺，終於到達目的地。那是一間不到一坪大的狹窄岩石屋，光亮從一扇大圓窗透了進來。

窗子旁邊的岩石架子上有一副大型望遠鏡。四十面相拿起望遠鏡看著窗外。

傑克也來到窗邊往外看。哇！好高啊，傑克突然覺得頭昏眼花。往遠處望去，發現圍繞奇面城的森林綿延到遠處。往下方一看，看到停在廣場上好像玩具般渺小的直昇機。傑克繼而發現眼前的並不是一般的玻璃窗，只不過是一個一公尺大的圓洞，一不小心，就可能會從那裡掉下

去。從這麼高的地方掉下去，一定會沒命的。

啊！我知道了！這扇圓窗就是奇面城巨人的眼睛。原來是在巨人的眼部挖個洞穴，這樣就可以居高臨下，眺望遠方。

「啊！已經到那邊了。在三號警戒室的三吉，一定帶來什麼重大的消息。」

四十面相說著，將望遠鏡交給傑克。

傑克拿起望遠鏡，看到名叫三吉的男子正沿著森林中的羊腸小徑爬了上來。

他並沒有看到警察，四處尋找之後，確定同志還沒有到達附近。

三吉抬頭看到窗裡的人並揮了揮手，他發現窗邊有人從巨人的眼睛看著他。傑克想像由下方抬頭看巨人眼睛的三吉，那將會是個什麼樣的情景。

在巨大的岩石臉龐上、在巨眼的瞳孔中，可以清楚的看到拿著望遠鏡的四十面相的上半身，也可以看到閃耀金色光芒的絲絨服裝。四十面相就像是國王一樣，這真是神奇的景象。

「好，下去吧！聽聽三吉怎麼說。」

四十面相說著，爬下鐵梯。在筆直的鐵梯上往下移動，比上來時更為困難。

兩人終於回到下方。三吉正好趕了過來。

「首領，糟糕了！警察從四面八方爬上來了。其他警衛室也傳來通知，估計有五、六十人，也許有上百人也說不定。」

三吉氣喘如牛的報告。

「果真不出所料！你們全力與警察隊作戰吧！只要對空鳴槍嚇阻對方就好，不可以殺人！一到六號警衛室裡總計有三十人，你們最了解山中的情況。對手只不過是一群來自城鎮的人，運用你們的智慧去阻止他們吧！」

四十面相下達命令之後，指示三吉回去。

「傑克，趕緊到直昇機那裡。搭乘直昇機到山裡去吧！」

四十面相說完之後，和傑克一起跑向洞窟走廊，度過架在深谷上方的大岩石吊橋，來到巨人臉前方的廣場上。直昇機就在前方。

最後的手段

四十面相和傑克鑽進直昇機的駕駛室，準備隨時出發。

傑克發動直昇機，聽到普嚕嚕普嚕嚕的引擎聲，以及螺旋槳轉動的聲音。但奇怪的是，引擎的聲音和平常不同，螺旋槳轉動的方式也有點奇怪。

傑克拼命的操縱機械，最後終於放棄的關上引擎。

「首領，不行耶，故障了！」

「咦?故障!你知道哪裡故障嗎?」

「知道!但是現在無法立刻修好。」

「需要多久時間?」

「三小時!」

「畜牲!算了,下去吧!再想想其他的辦法。」

四十面相跳下直昇機,立刻趕往巨人之臉。傑克也跟在身後。

巨人的頸部有一些岩洞,其中之一是奇面城的守衛,也就是三隻老虎的巢穴。

三隻老虎平常並沒有被關在鐵籠子裡。牠們和四十面相及手下們非常熟悉。

來到老虎的洞穴前,沒想到兩隻大老虎竟然意外的睡得很熟。四十面相幾次叫喚牠們,但都沒有反應。

只剩下那隻口袋小鬼救過的小老虎。牠傷心的不停的抽動鼻子,在

兩隻大老虎的身邊打轉。

「睡著了嗎?啊!糟了。」

四十面相走進一隻大老虎的身旁,伸手撫摸牠的身體。

「啊!是冰冷的!死了嗎?這是怎麼一回事……」

他趕緊檢查另外一隻老虎。同樣也是冰冷的身軀。應該是在幾小時前斷氣的。

「不是病死的。因為兩隻老虎不可能一起病死。也不是被子彈殺死的。難道……」

四十面相蹲了下來,邊說話邊檢查其中一隻老虎的嘴部。

「啊!果真如此。血流出來了。有人毒死了老虎。」

兩隻老虎的口、鼻陸續流出血液。的確是被人毒死了。

四十面相呆立在原地,兩臂相疊沉思了一會兒,突然瞪大眼睛,憤怒的說道:

「這到底是怎麼回事？是誰把老虎毒死了？除了我的手下之外，沒有人能夠接近這裡。傑克，發生可怕的事情了。看來只能採取最後的手段了。」

四十面相說著，走出岩洞，這時，突然聽到遠處傳來槍聲。警察隊和四十面相的手下可能已經展開戰鬥了。

「哇──！哇──！」

聽到喧嘩聲朝這裡接近。看來四十面相的手下似乎戰敗了。

四十面相突然「啊」的大叫一聲，兩眼直視廣場對面的森林。原來是警察。一名穿著制服的警察出現了。

「哇──」

聽到聲音的同時，一名好像四十面相手下的男人，從警察後方撲了過來。

警察機警的落腰低頭閃躲，將對手由後方往前摔出。男子也不甘示

弱，立刻站起來由前方撲了過來。

兩人扭打在一起，展開激烈的格鬥。

「啊！糟糕了。敵人出現了。」

四十面相叫了起來。

從森林中又跳出另外一名穿著制服的警察。一個箭步跨坐在倒在地上的四十面相手下的身上。

四十面相的手下終於被兩名警察制服了。

看到這個情況時，四十面相蹲在地上，撿起幾顆小石頭，對準跨坐在自己手下身上的警察丟了過去。

被石頭擊中肩膀的警察，「啊」的叫了一聲。

接著是第二顆石頭，又命中另外一名警察的手臂。

警察這才發現敵人，他們看到了一位穿著金色鼓花緞袍子，儼如國王般的男子。

「是四十面相！」

兩人大叫著，以驚人的速度飛撲過來。

「糟了！快逃！」

四十面相將手中剩餘的石頭扔向警察，直接奔向洞窟入口。

「傑克，快逃！放下橋。」

傑克跟著跑開。鑽進洞窟並且度過岩石橋。

「快，把橋扔下去。」

假傑克不知道該怎麼做才能辦到這一點。正在徬徨時，四十面相等不及手下行動，自己趕緊按下隱藏式按鈕。

答、答、答、答、答……咚。

聽到震耳欲聾的大聲響，大岩石橋頓時掉落谷底。

四十面相早已想到這一點，在遭遇緊急事故時，只要按下按鈕，就可以弄斷鎖鏈，使石橋掉落谷底。

那是幾十公尺的深谷，下方有河水流動，從上方就可以聽到潺潺的流水聲。

山谷寬約三公尺。跳遠選手可能可以跳躍過去，但是，一般人根本無法越過。一不小心，就可能會跌落深谷而喪命。即使是跳遠選手，恐怕也不願意輕易嘗試。

四十面相終於採取最後的手段，他完全斷絕洞窟內外的聯絡。

雖然外人無法攻進來，但也只能暫時安心。因為四十面相、美麗的女子以及十名手下都被關在洞窟中無法外出。一旦糧食慢慢的耗盡，就沒有其他的管道可運送糧食。只要經過一個月，大家就都得餓死。

假傑克、五郎以及五名假冒的手下和口袋小鬼等，都遭遇和四十面相相同的命運。難道洞窟中的人真的只能坐以待斃了嗎？

警察的勝利

警察隊兵分多路，和四十面相的手下們戰鬥，英勇的朝奇面城前進。

總指揮官是警政署的中村警官。身旁有三名警察以及一位穿著學生制服的少年，他就是明智偵探的助手小林少年。小林的動作敏捷，可以迅速的將中村警官的命令傳給警察們。

「大家趕緊把這些人綁在樹幹上。」

中村警官發出命令，警察們陸續將命令傳達後方。警察人數比歹徒多了一倍多，因此兩個人綑綁一個人。警察們用事先準備好的細麻繩（用麻做成的堅固細繩）將俘虜綁在樹幹上。

不到一個小時，四十面相的三十名手下全都被綑綁在樹幹上。警察隊獲勝了。

五十名警力全部集結在奇面城前，有幾名警察受了傷。受傷者由其

他同袍扛著，來到奇面城的前方。

接近巨人臉下方的入口時，兩名警察從裡面跑了出來。他們就是之前追趕四十面相，被石頭擊中的兩位警察。

「糟糕了！敵人把橋弄斷了。石橋跌入深不見底的山谷中。我們無法進入奇面城內。」

跑過來的其中一名警察趕忙報告。

中村警官帶著幾名警察前往橋斷落的地方，往下一看，的確是一個可怕的深谷。寬約三公尺，下面一片漆黑，聽到底部傳來流水聲。谷底應該有河流。

中村警官想了一會兒，下定決心，點頭說道：

「好！那就架一座橋。到森林中找尋兩棵適當的杉木，砍下來並且去除多餘的枝幹。長度必須比這個谷寬一倍才行。將六公尺長的樹木扛過來。四十面相的手下應該有人使用大型斧頭。到森林中找一找，趕快去找斧頭砍樹木過來。」

命令傳達到洞窟外，十多名警察趕緊跑入林中伐木。

倉皇逃入洞窟中的四十面相，在九名手下的圍繞下看著入口。那名美麗的女子不知道待在哪個房間裡，並沒有出現在這裡。

距離山谷十公尺遠的地方，傳來中村警官命令屬下的聲音。

「他們打算利用杉木架橋。」

傑克看著首領說道。

「嗯！一定要阻止他們。儲藏室裡有大斧頭。當他們把橋架過來時就趕快砍斷。」

四十面相下達命令。五郎趕緊跑到儲藏室找出大斧頭並拿了過來。

三十分鐘後，警察們扛來兩根六公尺長、去除多餘枝幹的杉木，直

接扛到洞窟入口。

「五、六個人合力緊緊抓住一端，往對面倒下去。只要把兩根杉木併在一起，就可以沿著杉木穿過深谷。」

在中村警官的指示下，六名警察合力將一根樹幹慢慢的倒向山谷的另一側。

洞窟裡的四十面相，發現二根圓形杉木即將倒下來時，立刻下令：

「好，就是現在！趕緊用大斧頭砍斷杉木，讓它落入山谷裡。」

話說完之後，拿著大斧頭的五郎，竟然站在一旁咧嘴笑著，並沒有立刻展現行動。

「喂！五郎。你是怎麼回事！你怕警察的手槍嗎？」

四十面相生氣的問他。但是，五郎仍然一直咧嘴笑著，完全沒有採取行動的意圖。

「那麼，傑克，你來做。五郎，把大斧頭交給傑克！」

傑克並沒有回答，同樣的在一旁嗤笑著。

「咦！不聽話的傢伙！我自己來好了！把大斧頭給我！」

四十面相說著走近五郎。沒想到傑克竟然擋在他的面前加以阻止。

「喂！傑克，你要做什麼！傑克！你怎麼……」

「是的，我要阻止你。」

傑克手臂交叉，瞪著四十面相。

「咦！你敢阻止我？你是我的手下，竟然敢這樣對首領說話！」

傑克並沒有回答，依然瞪著對方。

四十面相一直看著傑克的臉，好像想到什麼似的，突然臉色大變。

「啊！你不是傑克。你是誰……，難道……」

「哈哈哈哈……，你終於發現了。我是明智小五郎。四十面相，我終於找到你真正的巢穴了。」

「喂！五郎。還有其他人，還在發什麼呆？他是明智小五郎，為什麼不抓住他？」

四十面相對著站在周圍的手下大吼。

「哈哈哈哈哈……。他們之中只有兩位是你真正的手下，其餘的全都是警政署派來的刑警，而且是擅長變裝的刑警喔，他們假扮成你的手下呀！」

明智說明。

「啊！什麼。五郎也是假冒的？你和五郎駕駛直昇機從山下的城鎮找來替身嗎？」

「不錯。今天直昇機無法發動，也是我動的手腳，讓兩隻老虎睡覺的也是我。我們已經完全做好逮捕你的準備。……喂！你看，警察隊已經架好橋樑走過來了。四十面相！你已經插翅難飛，無路可逃了。」

明智好像給四十面相致命一擊似的說著。

最後的王牌

警察們沿著架在深谷上的兩根杉木，匍匐穿過深谷上方。先行的十人已經到達山谷的這一邊，他們拿著手槍，靜靜的接近此處。

「畜牲！你竟敢如此耍我！我真正的手下在哪裡？他們在哪裡？」

「哈哈哈哈……。假冒者有七人。你真正的手下只剩下兩人。最膽小的兩個人正躲在那裡發抖呢！」

明智用手指了指角落，一名臉色蒼白的年輕男子站在一旁，他是四十面相的廚師。

「好，好！看來我只好使出最後的手段了。雖然我不喜歡見血，但是事情到了這個地步，我也沒辦法，我要殺了你們！」

四十面相恨恨的說著，迅速從褲子的左右口袋裡各掏出一把手槍，

雙手握著槍。

「我要殺了你們……」

喀、喀，他扣下兩把手槍的板機，但是不知怎麼的，子彈並沒有發射出來。於是他又喀、喀……喀、喀……，咦！奇怪，繼續喀、喀，按下板機，同樣沒有反應。

「哈哈哈哈……。你那兩把手槍裡沒有任何一發子彈。難道你不知道我已經把手槍裡的子彈取走了嗎？這是我慣用的手法，你應該非常了解呀！哈哈哈哈……」

聽到明智這麼說，四十面相氣得臉色發紫。

「畜牲！我會讓你們瞧瞧我真正的實力！嗯！如果你們認為可以抓到我，那就過來試試看吧！」

他大叫著，扔掉兩把手槍立即跑開。怪人的速度非常快。

傑克、五郎和其他假冒的手下，以及度過山谷的警察們，眾人紛紛的追趕在四十面相的身後。

四十面相首先衝回自己的房間，牽著那位美麗女子的手，跑入另外一扇門中。

女子的白色長裙揪成一團，好像隨時都會跌倒似的。

走廊上有叉路，一道岩石階梯往下延伸。四十面相牽著女子往下奔跑，穿過岩石隧道，進入一個八張榻榻米大的洞窟中。

明智偵探等人追逐四十面相來到洞窟中，裡面沒有燈泡照明，四周一片漆黑。正當大家打算用手電筒照明時，洞窟中突然亮了起來。

有人點燃了火把。熊熊的火焰把洞窟的天花板照得非常明亮。四十面相一手高舉火把，另一手攙扶穿著白色衣服的女子，她勉強的站在四十面相的身旁。

「明智先生，還有警政署的先生們，你們全都來啦？哇哈哈哈……好，你們仔細瞧瞧。這裡有三個大桶子，你們知道這三個大桶子裡裝什

麼嗎？……是火藥。只要我扔下火把，火藥就會立刻爆炸喔！
　這個房間就在我的美術室正下方。美術室裡有好幾億圓的美術品。不，不僅如此。當岩石天花板跨下來時，大家就會同歸於盡。哇哈哈哈哈……，實在太痛快了。知道我最後的王牌了嗎？」
　四十面相說著，露出勝利的笑容。手上拿著火把，不斷的在火藥桶上揮舞。
　一旦火花掉入桶中，就會引起爆炸。這麼一來，洞窟中的人全都死定了。

　就在這時——
　黑暗中傳來與四十面相不同的奇妙笑聲。
「哇哈哈哈哈哈……。哇哈哈哈哈……」
　聽到笑聲時，四十面相嚇了一跳，尋視著四周。
「是誰？誰在那裡笑？有什麼好笑的！」

「是我，我是明智呀！因為你說的話太好笑了，我忍不住要放聲大笑。喂！小鬼，你可以出來了。」

當明智叫喚時，一位全身漆黑的矮小男孩，從三個並排的桶子後方跑了出來。

明智抱住這個矮小的男孩說道：

「口袋小鬼，你說說看，你到底對這三個桶子做了什麼事情？」

「老師。可以叫你明智老師了吧？我奉老師的命令，準備裝滿水的水桶，然後灌入這三個桶子裡。」

口袋小鬼說出來的話，使得四十面相嚇了一大跳。他伸出手檢查已經打開蓋子的三個桶子，發現火藥上全都是水。

「哇哈哈哈……。怎麼樣？就算你把火把丟入泡水的火藥裡，也馬上就會熄滅。雖然我很同情你，但是你的氣數已盡。你最後的王牌也失效了，還是乖乖的束手就擒吧！」

明智的話還沒有說完時，一支燃燒的火把已經朝這裡飛了過來。明智趕緊閃躲，火把撞到後方的岩壁之後濺起火花。

繼火把之後，飛撲過來的是人的身體。四十面相撲向痛恨的明智偵探身上。

明智出其不意的遭受攻擊而倒地，四十面相跨坐在他的身上。

但是，此時四十面相的同夥只剩下一名弱女子，明智這一邊則有許多警察。跨坐在明智身上的四十面相，立刻就被周圍的警察逮捕。

為他銬上手銬的，是由警察後方走過來的中村警官。他的身旁跟著穿著學生制服、面帶微笑的小林少年。

「哦！中村先生，小林，你也來啦！終於抓到四十面相了。」

明智偵探向中村警官及小林少年伸出雙手。

「嗨！小林團長，我在這裡。」

一位穿著黑色緊身衣、手戴黑色手套、腳穿黑色襪子、頭罩黑色蒙面布，全身漆黑的矮小男子跑向小林少年，握住他的手。

「口袋小鬼，你真是太棒了。你發現了奇面城，又在火藥上澆水，讓四十面相乖乖的投降，這一切全都是你的功勞。」

小林少年握緊口袋小鬼的手，親切的對他誇讚說。

「我好高興！明智老師戰勝了四十面相。大壞蛋被抓了。」

口袋小鬼興奮的高舉雙手繼續說著：

「明智偵探萬歲！小林團長萬歲……」

小林少年大受感動，含著淚水和他一齊高呼：

「少年偵探團、流浪少年機動隊萬歲！」

解說

新保博久
（偵探小說評論家）

大家應該都聽過『鬼平犯科帳』吧?就算沒有看過池波正太郎的原著，也應該看過電視節目。在距今一百多年前（一八八七年），英國人柯南•道爾還沒有創造出夏洛克•福爾摩斯的時代，怎麼會有『鬼平犯科帳』呢?各位是否覺得很不可思議。

江戶偵探故事——捕物帳的作家是岡本綺堂，他在一九一七年開始寫『半七捕物帳』時，曾經看過已經出版三冊的英文版夏洛克•福爾摩斯短篇集，想要模仿創造類似的作品。持續寫作十年，認為應該結束而中斷時，野村胡堂創造了錢形平次（一九三一年）。

因為前輩綺堂先生以福爾摩斯為典範，為了創造更活潑的主角，因此錢形平次以怪盜亞森羅蘋為典範而創造出自己的主角。這些「オール讀物」每月連載的刊物非常受人歡迎，內容將近四百篇。

錢形平次退場後十年，再度出現新的暢銷系列。「オール讀物」編輯部，配合期待而登場的，就是創作『鬼平犯科帳』的長谷川平藏。其內容描述「佛鍼形」與「鬼平藏」的正邪對壘。

作品中出現的日比谷公園（一九五八年）

由此可知，優良作品的影響深遠，因而誕生新的作家與系列作品，接著再由新的系列傳承。從模仿而創作的作品，即使想要採取不同的路線，還是會受到前輩作品的影響，這是不容改變的事實。

因此，唯有一改前例，寫出作者獨特

的韻味，才能產生受人歡迎的作品，讓更多讀者繼續看下去。

怪盜二十面相最初是以法國的摩里斯•盧布朗所寫的怪盜羅蘋為範本。本書書名『奇面城的秘密』，也是由羅蘋的名作『奇巖城』（一九〇九年）聯想出來的。「少年偵探」系列的『虎牙』也和盧布朗的作品（一九二一年）同名。這篇全集為了避免混亂，因此更名為『地底的魔術王』。（少年偵探第6集）

奇面城所在地的甲武信岳

『奇面城的秘密』與『奇巖城』的故事完全不同。奇面城是怪人四十面相的巢穴。奇巖城是羅蘋聚集偷盜的美術品、想要在此享受婚姻生活的場所。比較罕見的是，四十面相竟然帶了女性來到此處。本書中有女性登場，可能也是受前輩作品的影響。

在『奇嚴城』一書中，追趕羅蘋的並不是宿敵佳尼馬爾高級警官，也不是借用柯南•道爾名偵探的福爾摩斯（事實上，福爾摩斯遭遇羅蘋時經常非常失態），而是一位天才高中生，他在羅蘋系列中只出現在這個作品裡。

在『奇面城的秘密』的後半部，流浪少年機動隊的口袋小鬼比明智小五郎和小林團長更為活躍。一九五八年一年內，『奇面城的秘密』在「少年俱樂部」中連載。前一年連載於「少女俱樂部」的『魔法人偶』一書中，口袋小鬼初次登場，當時他幫助偵探團的少女團員小植。

「少年偵探」系列雜誌「少年」，經常以小林少年為主角，在其他雜誌連載時，則其他團員較為活躍，內容富於變化。這些細微的工夫，使得讀者們對於這一系列的書籍百看不厭。

口袋小鬼雖然不像小林少年那麼聰明，不過根據他的綽號，就知道他是個身手敏捷、可以隨意鑽進鑽出的矮小少年，成為「少年」系列後

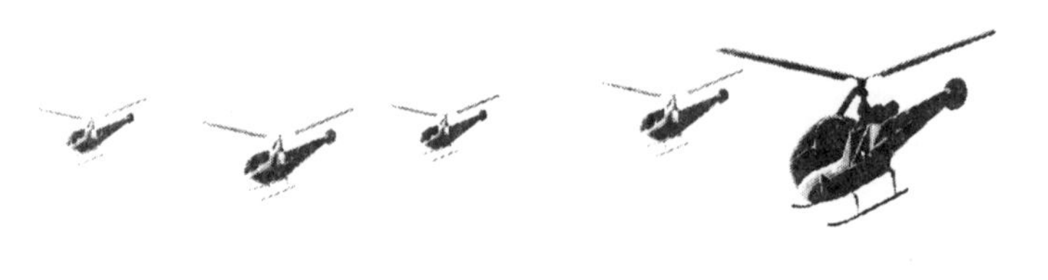

期作品中不可或缺的角色之一。

之前說過，優良系列會帶動流行。只有「少年偵探」系列的情況例外。雖然有許多作家創作類似的作品，但是卻無法與原著對抗，因為這一系列作品實在是太優秀了。

青年讀者們長大成人後開始閱讀適合大人看的小說，因此根本不需要替代品。而更小的孩子則只要閱讀「少年偵探」就夠了。因此，這些作品至今依然屹立不搖，持續發行。

少年偵探 1~26

江戶川亂步　著

1　怪盜二十面相

接獲失蹤的壯一即將歸國的好消息的同時，羽柴家也接到這封通知信。
擅長喬裝改扮的怪盜，到底會以什麼姿態來盜取寶石？
老人、青年，還是……。
「怪盜二十面相」與名偵探明智小五郎初次對決，現在就要開始了！

2　少年偵探團

整個東京都內，不斷傳出有關「黑色妖魔」的傳聞，而且陸續發生綁架少女事件，以及篠崎家的寶石，還有黑影似乎偷偷的靠近五歲的愛女小綠。難道由印度傳來的「受到詛咒的寶石」的傳說是真的嗎……。
繼『怪盜二十面相』之後，名偵探明智小五郎和少年助手小林芳雄所帶領的「少年偵探團」大活躍。

3　妖怪博士

跟蹤可疑的老人身後，來到一間奇妙的洋房。
少年偵探團團員之一的相川泰二，在那兒發現被五花大綁的美少女。
妖怪博士的魔爪伸向為了救出少女而偷偷溜進洋房的泰二。
此外，還有更可怕的事情，正等著追查整個事件的三名團員們……。

4　大金塊

秘密文件的另一半被盜走了！
那是說明宮瀨礦造爺爺留下的龐大遺產「大金塊」藏匿地點的秘文，
為了取回被奪走的一半秘密文件，而進入竊賊地下指揮部的少年小林，
他所看到的意外事實真相到底是什麼？
名偵探明智解開了謎樣的文章，趕赴島上，取回大金塊。

5　青銅魔人

在月光的照耀下，赫然出現一張嘴巴裂開如新月型的金屬臉，怪物體內發出齒輪轉動聲。
在半夜偷走鐘錶店裡的懷錶的竊賊，難道就是這個用青銅做成的機械人？
少年小林新組成「青少年機動隊」，為了名偵探明智小五郎，奮鬥不懈。
是否真的能夠掌握青銅魔人的真面目呢？

6 地底魔術王

在天野勇一所居住的城市裡，搬來了一個奇怪的叔叔。
他在少年們的面前，展現神乎其技的魔術，是一位魔法博士。
他說：「在我所住的洋房裡有『奇異國』。」
有一天，勇一和少年小林造訪洋房。但是就在博士展開魔術表演的舞台上，勇一消失在觀衆的面前。

7 透明怪人

一名紳士走進城鎮盡頭的磚瓦建築物中。
就在尾隨於其身後的兩名少年的眼前，
這個神秘男子脫掉大衣、襯衫，結果一裡面什麼也沒有。
肉眼看不到的透明怪人出現了，珠寶店和銀行大為震驚。
化裝成人體服裝模特兒的透明怪人出現在百貨公司，引起一陣騷動。

8 怪人四十面相

幾度從監獄中脫逃的怪盜二十面相，這次改名為「四十面相」，
宣佈要逃獄。
為了查明真相，來到拘留所的明智小五郎，與二十面相見面之後，
為什麼匆忙趕到世界劇場的後台去了呢……
劇場正上演著「透明怪人」事件的戲碼。

9 宇宙怪人

衆人啊的大叫一聲，屏住呼吸，因為在東京市的大都會銀座上空出現了五個 「在天空飛行的飛碟」。
彷彿來自遙遠星球的世界，擁有蝙蝠翅膀如大蜥蜴般的宇宙怪人降臨。
被在深山登陸的飛碟抓住的木村青年，訴說可怕的體驗，使得全日本，不，應該說是全世界都陷入大混亂中。

10 恐怖的鐵塔王國

「我有東西要給你看哦！」
小林少年被轉角處的老人叫住，看到偷窺箱裡竟然有從森林的圓形鐵塔爬下來的巨大獨角仙……。都市裡出現抓小孩的怪物獨角仙。
獨角仙大王所統治的恐怖鐵塔王國，到底在日本的哪個地方呢？

11 灰色巨人

從百貨公司的寶石展覽會中竊取珍珠的美術品，
然後抓住廣告汽球朝天空逃逸。但是逮到犯人之後，一看……。
綽號「灰色巨人」的怪人，這次盜走了「彩虹皇冠」。
尾隨怪盜而來的少年偵探團，來到一個馬戲團的大帳棚中。
奇妙的竊賊難道躲到裡面去了嗎？

12 海底魔術師

身上覆蓋著鐵製的鱗片，好像鱷魚一般的尾巴……
在黑暗的海底，有著好像黑色人魚的兩個綠色眼睛的怪物。
爬在地上的怪物想要奪走小鐵盒。
交到明智偵探手中的小鐵盒，
隱藏著載有金塊的沉船秘密！

13 黃金豹

屋頂出現了金色的影子，在月光的照射下，劃破了深夜的黑暗，
全身閃耀著黃金般光芒的豹出現在街上。
襲擊銀座的寶石商、吞掉寶石的豹，突然轉身逃走，像煙一般消失了。
夢幻怪獸到底是什麼東西？
夢幻豹

14 魔法博士

少年偵探團中有兩名好搭檔，他們是井上和阿呂。
看到「活動電影院」之後，
一直跟隨活動電影院的兩人，漸漸進入無人的森林中。
擋在面前的，竟然是可怕的黑影……。
等待著兩人的，是黃金怪人「魔法博士」意想不到的策略。

15 馬戲怪人

熱鬧的「豪華馬戲團」公演時，突然出現了可怕的慘叫聲。
觀衆全都回頭看。
在貴賓席黑暗的角落看到白色骷髏的影子！
攻擊馬戲團團長笠原先生一家人的骷髏男的模樣奇怪。
沒有人知道的大秘密，經由明智偵探及少年偵探團的推理而解開謎團。

16 魔人銅鑼

「噹……噹……噹……」空中傳來宛如教會鐘聲般的聲響，不禁抬頭一看。
結果，發現整個空中出現一張惡魔的臉。
巨大的惡魔正露出尖牙笑著。難道這是神奇事件的前兆……。
惡魔的神奇預言出現了。明智偵探的新少女助手小植即將遭遇危險。

17 魔法人偶

「我很喜歡留身哦！和我玩吧！」
和神奇的腹語術小男孩人偶相處得很好的留身，跟隨著小男孩和
白鬍子老爺爺到人偶屋去。
迎接他們的是美麗的姊姊，這位穿著長袖和服、名叫紅子的人偶，
看起來就好像活生生的真人一樣這是假扮成腹語術師的老爺爺的魔術。

18 奇面城的秘密

又是四十面相下的挑戰書。他這一次想要得到的是倫勃朗的油畫。
名偵探明智小五郎自信滿滿的等待對手的出現。
怪人四十面相將如何穿過層層的警衛溜進對手的家中呢？
到了預告日的夜晚，空無一人的美術室中傳出『啪—啪—』的聲響。
大石膏竟然會動，啊！裂開了！

19 夜光人

七名少年一起前往一片漆黑的森林。
今天晚上，少年偵探團將舉行「試膽會」。
走在最前方的井上來到森林深處時，突然發現了奇怪的東西。——是鬼火嗎？不！一團白色、圓形的東西，卻有兩顆好像燃燒著火焰的紅色眼睛……。閃耀銀色光輝、好像妖怪般的頭，竟然張開大嘴攻擊團員們！

20 塔上的魔術師

在荒涼的原野上，有一棟古老、磚造的鐘屋。
聳立的鐘塔屋頂上有影子在移動……。
少女偵探小植和另外兩名少女一直看著這個奇怪的景象。
三位少女看到的，是一位披著黑色披風、蓬鬆的頭上長著兩隻角的蝙蝠人。

21 鐵人Q

老科學家終於完成偉大的發明。
他特別讓北見少年去看看這個具有聰明頭腦的機器人，一個和人類一模一樣的「鐵人Q」。
沒想到鐵人竟然突然不聽使喚，意外的逃出實驗室。
Q逃入巷道之後，開始展現奇怪的行動。被擄走的小女孩到底在哪裡？

22 假面恐怖王

有馬家的洋房傳出有戴著鐵假面具的男子偷偷潛入。
名偵探明智小五郎在接到通知後火速趕到，但卻遭人從背後攻擊。
當他醒來後，發現自己在一個沒有窗戶的奇怪小房間內…。
明智偵探真的被壞蛋抓走了嗎？
在想要脫逃的名偵探和「恐怖王」之間，一場鬥智即將展開。

23 電人M

在東京塔的塔頂上，纏繞著一個軟趴趴的禿頭妖怪，
好像戴著鐵環、沒有臉的機器人。
怪人「電人M」在全國各地留下謎團。
「到月世界旅行吧」到底意味什麼？
電人M竟然打電話給小林少年……！

3. 科學命相 淺野八郎著 220元
4. 已知的他界科學 陳蒼杰譯 220元
5. 開拓未來的他界科學 陳蒼杰譯 220元
6. 世紀末變態心理犯罪檔案 沈永嘉譯 240元
7. 366天開運年鑑 林廷宇編著 230元
8. 色彩學與你 野村順一著 230元
9. 科學手相 淺野八郎著 230元
10. 你也能成為戀愛高手 柯富陽編著 220元
11. 血型與十二星座 許淑瑛編著 230元
12. 動物測驗—人性現形 淺野八郎著 200元
13. 愛情、幸福完全自測 淺野八郎著 200元
14. 輕鬆攻佔女性 趙奕世編著 230元
15. 解讀命運密碼 郭宗德著 200元
16. 由客家了解亞洲 高木桂藏著 220元

・女醫師系列・品冠編號 62

1. 子宮內膜症 國府田清子著 200元
2. 子宮肌瘤 黑島淳子著 200元
3. 上班女性的壓力症候群 池下育子著 200元
4. 漏尿、尿失禁 中田真木著 200元
5. 高齡生產 大鷹美子著 200元
6. 子宮癌 上坊敏子著 200元
7. 避孕 早乙女智子著 200元
8. 不孕症 中村春根著 200元
9. 生理痛與生理不順 堀口雅子著 200元
10. 更年期 野末悅子著 200元

・傳統民俗療法・品冠編號 63

1. 神奇刀療法 潘文雄著 200元
2. 神奇拍打療法 安在峰著 200元
3. 神奇拔罐療法 安在峰著 200元
4. 神奇艾灸療法 安在峰著 200元
5. 神奇貼敷療法 安在峰著 200元
6. 神奇薰洗療法 安在峰著 200元
7. 神奇耳穴療法 安在峰著 200元
8. 神奇指針療法 安在峰著 200元
9. 神奇藥酒療法 安在峰著 200元
10. 神奇藥茶療法 安在峰著 200元
11. 神奇推拿療法 張貴荷著 200元
12. 神奇止痛療法 漆浩 著 200元

・彩色圖解保健・品冠編號 64

1.	瘦身	主婦之友社	300 元
2.	腰痛	主婦之友社	300 元
3.	肩膀痠痛	主婦之友社	300 元
4.	腰、膝、腳的疼痛	主婦之友社	300 元
5.	壓力、精神疲勞	主婦之友社	300 元
6.	眼睛疲勞、視力減退	主婦之友社	300 元

・心 想 事 成・品冠編號 65

1.	魔法愛情點心	結城莫拉著	120 元
2.	可愛手工飾品	結城莫拉著	120 元
3.	可愛打扮 & 髮型	結城莫拉著	120 元
4.	撲克牌算命	結城莫拉著	120 元

・熱 門 新 知・品冠編號 67

1.	圖解基因與 DNA （精）	中原英臣 主編	230 元

法律專欄連載・大展編號 58

台大法學院　法律學系／策劃
法律服務社／編著

1.	別讓您的權利睡著了(1)	200 元
2.	別讓您的權利睡著了(2)	200 元

・名師出高徒・大展編號 111

1.	武術基本功與基本動作	劉玉萍編著	200 元
2.	長拳入門與精進	吳彬 等著	220 元
3.	劍術刀術入門與精進	楊柏龍等著	220 元
4.	棍術、槍術入門與精進	邱丕相編著	220 元
5.	南拳入門與精進	朱瑞琪編著	220 元
6.	散手入門與精進	張 山等著	220 元
7.	太極拳入門與精進	李德印編著	280 元
8.	太極推手入門與精進	田金龍編著	220 元

・實用武術技擊・大展編號 112

1.	實用自衛拳法	溫佐惠著	250 元
2.	搏擊術精選	陳清山等著	220 元

3. 秘傳防身絕技　程崑彬著　230 元
4. 振藩截拳道入門　陳琦平著　220 元

・中國武術規定套路・大展編號 113

1. 螳螂拳　中國武術系列　300 元
2. 劈掛拳　規定套路編寫組　300 元
3. 八極拳

・中華傳統武術・大展編號 114

1. 中華古今兵械圖考　裴錫榮主編　280 元
2. 武當劍　陳湘陵編著　200 元

・武術特輯・大展編號 10

1. 陳式太極拳入門　馮志強編著　180 元
2. 武式太極拳　郝少如編著　200 元
3. 練功十八法入門　蕭京凌編著　120 元
4. 教門長拳　蕭京凌編著　150 元
5. 跆拳道　蕭京凌編譯　180 元
6. 正傳合氣道　程曉鈴譯　200 元
7. 圖解雙節棍　陳銘遠著　150 元
8. 格鬥空手道　鄭旭旭編著　200 元
9. 實用跆拳道　陳國榮編著　200 元
10. 武術初學指南　李文英、解守德編著　250 元
11. 泰國拳　陳國榮著　180 元
12. 中國式摔跤　黃　斌編著　180 元
13. 太極劍入門　李德印編著　180 元
14. 太極拳運動　運動司編　250 元
15. 太極拳譜　清・王宗岳等著　280 元
16. 散手初學　冷　峰編著　200 元
17. 南拳　朱瑞琪編著　180 元
18. 吳式太極劍　王培生著　200 元
19. 太極拳健身與技擊　王培生著　250 元
20. 秘傳武當八卦掌　狄兆龍著　250 元
21. 太極拳論譚　沈　壽著　250 元
22. 陳式太極拳技擊法　馬　虹著　250 元
23. 二十四式/三十二式 太極 拳/劍　闞桂香著　180 元
24. 楊式秘傳 129 式太極長拳　張楚全著　280 元
25. 楊式太極拳架詳解　林炳堯著　280 元
26. 華佗五禽劍　劉時榮著　180 元
27. 太極拳基礎講座：基本功與簡化 24 式　李德印著　250 元

奇面城的秘密 by Ranpo Edogawa

國家圖書館出版品預行編目資料

奇面城的秘密／江戶川亂步著；施聖茹譯
－－初版－臺北市，品冠文化，2003〔民 92〕
面；21 公分 ──（少年偵探；18）
譯自：奇面城の秘密
ISBN 957-468-182-3（精裝）

861.59　　　　91020842

版權仲介：京王文化事業有限公司

少年偵探 18　**奇面城的秘密**　ISBN 957-468-182-3

著　　者／江戶川亂步
譯　　者／施　聖　茹
發 行 人／蔡　孟　甫
出 版 者／品冠文化出版社
社　　址／台北市北投區（石牌）致遠一路 2 段 12 巷 1 號
電　　話／(02) 28233123・28236031・28236033
傳　　真／(02) 28272069
郵政劃撥／19346241
E - mail／dah_jaan @yahoo.com.tw
登 記 證／北市建一字第 227242 號
區域經銷／千淞圖書有限公司
地　　址／台北縣泰山鄉楓江路 86 巷 21 號
電　　話／(02)29007288
承 印 者／國順文具印刷行
裝　　訂／源太裝訂實業有限公司
排 版 者／千兵企業有限公司
初版1刷／2003 年（民 92 年） 1 月

~~定　價／300 元~~
特　價／230 元